専修大学社会知性開発研究センター/言語・文化研究センター叢書 5
SENSHU STUDIES in LANGUAGE and CULTURE 5

中英語ロマンス
イポミドン伝
唐澤一友 訳

Middle English Romance: *THE LYFE OF IPOMYDON*

Translated by
Kazutomo Karasawa

専修大学出版局
SENSHU UNIVERSITY PRESS

Middle English Romance: *THE LYFE OF IPOMYDON*
Translated by
Kazutomo Karasawa

Book design/typography by
Yasuyuki Uzawa

Printed and bound
at the Fujiwara Printing Co., Ltd.

© Senshu University, 2009
Published by Senshu University Press
3-8 Kanda Jimbocho, Chiyoda-ku, Tokyo, 101-0051, Japan
ISBN 978-4-88125-222-2

目　次

序　論 ……………………………………………… 1
　1. はじめに ……………………………………… 2
　2. 3種類の中英語版について ………………… 2
　3. *The Lyfe of Ipomydon* のあらすじ ………… 5
　4. *The Lyfe of Ipomydon* の作品世界 ………… 9
　5. 邦訳に当たって ………………………………15

イポミドン伝 ………………………………………21

本書は、文部科学省のオープン・リサーチ・センター整備事業（平成17年度～平成21年度）の補助金による研究成果として刊行されたものである。

序論

1．はじめに

　本書は、15世紀に書かれたとされる[1]中英語（中東部方言）によるロマンス、*The Lyfe of Ipomydon* の邦訳である[2]。この作品は、1180年頃に Hue de Rotelande がアングロ・ノルマン語で書いたロマンス、*Ipomedon* に基づくもので、以下の3つの写本あるいは初期印刷本により現代に伝えられている。

　　① London, British Library MS Harley 2252, fols. 54^r–84^r；
　　② New York, Pierpont Morgan Library MS 20896, fols. B.i.^{r}–I.v.^{v}；
　　③ London, British Library, the "Bagford Ballads," vol. 1, item 18.

このうち、15世紀末頃に筆写された①は、完全なテクストを留めており、詩行にして2346行から成る。②は、1518－28年の間に Wynkyn de Worde の出版したエディションに含まれるもので、ほぼ完全なテクストを留めており、①の193行目以降に対応している。③は、Wynkyn de Worde が上記の期間に出版したより新しいエディションの断片で、①の261行から320行に対応する[3]。②は多少の欠落部分があることを除けば、①と基本的に同じであるが、使用語句や語順を多少変更したり、①の不備を修正したりした部分が散見される[4]。この作品のテクストをまとめたエディションには、Weber (1810), Kölbing (1889), Roberts (1974), Ikegami (1983, 1985) があるが、このうち、最後のものには、上記①〜③全てのテクストが含まれている。以下の邦訳は、Ikegami (1983) に所収された、①のテクストに基づいたものである。
　訳文に先立って、はじめに、この作品について多少の解説を加えるとともに、邦訳の方法についても、少し触れておきたいと思う。

2．3種類の中英語版について

　ここで邦訳した *The Lyfe of Ipomydon* の大本にある、Ipomedon につい

てのロマンスは、当初、Hue de Rotelande という人物により、アングロ・ノルマン語で書かれたが[5]、その後、この話をもとにして、3種類の中英語版が作られている[6]。このうちの二つは韻文、一つは散文で書かれている。

　韻文版のうちの一つが、ここに翻訳した *The Lyfe of Ipomydon*（あるいは *Ipomydon B*）であり、既に見たように、15世紀の作であろうとされている。詩形は、終始一貫して、フランス語のロマンスに倣った四歩格二行連句が用いられている。アングロ・ノルマン語の話とは、内容や力点の置き方が大きく異なっており、Hue de Rotelande の作った話をそのまま英語に訳したというようなものでは明らかにないが、詳しい来歴はよく分かっていない[7]。原典と比べると、全体的に大分簡略化されており、話の内容が大きく変えられている部分も少なからずあり、原典の内容に関する記憶だけを頼りに書かれたものであると考える人もいる[8]。原典の話の内容が不完全に再現されていたり、これを簡略化しすぎたりして、話が分かりにくくなっていたり、文脈が不自然になっていたりと、綻びの見えるところもあるが[9]、全体としてはこの物語の面白いところがうまく凝縮された作品となっている。

　もう一方の韻文版、*Ipomadon*（あるいは *Ipomadon A*）は[10]、15世紀最後の四半世紀に作られたとされる写本、Manchester, Chetham's Library, MS Chetham 8009（fols. 191r–335v）によってのみ現代に伝えられている。現存する写本が作られた年代は比較的遅いが、作品それ自体は、写本よりも約一世紀早く、恐らく1390–1400年頃にイングランド北部で成立したものと考えられており[11]、したがって、*The Lyfe of Ipomydon* よりも半世紀以上は早くに成立していたことになる。この詩は、13世紀末頃から15世紀半ば頃までイングランド北部で流行った12行のスタンザからなる tail-rhyme を用いたロマンスで、全体で8890行から成り、中英語で書かれた tail-rhyme の作品の中では最も行数が多いことでも知られている。*The Lyfe of Ipomydon* とは、テクストそれ自体も、分量も、詩の形式も、非常に大きく異なり、さらには、話の筋立ての細部や、力点の置き方も異なっており、両者の間に直接

的な関係はない[12]。一般に、フランス語のロマンスの英語版が作られる際には、上述の *The Lyfe of Ipomydon* の場合に顕著なように、装飾的描写や心理描写等、作品の細部が大きく省かれることが多いが[13]、この *Ipomadon A* に関しては、アングロ・ノルマン語の原典に非常に忠実に従っており、作者は、アングロ・ノルマン語の *Ipomedon* を座右に置きながら、これをかなりの程度忠実に翻訳したものと考えられている[14]。

散文版（*Ipomedon C*）は[15]、15世紀後半の写本、MS Longleat 257によってのみ現代に伝えられているが、結末の部分が欠けており、不完全である。15世紀の半ば以降、羊皮紙よりも大分安価な紙が普及し、本が手に入りやすくなるのと呼応して、ロマンスもしばしば個人的な読書のために散文で書かれるようになり、既存の韻文版ロマンスの散文版が作られることも多かったが、*Ipomedon C* もそのような流れの中で作られたのかもしれない[16]。この散文版も、アングロ・ノルマン語の原典にかなりの程度忠実に従って翻訳されているが、話の筋が省略されている部分も少なくない。同じく原典に忠実な *Ipomadon A* とは、人名の表記法をはじめとして、異なる部分が目立つことから、この散文版は、*Ipomadon A* に基づいたものというよりは、原典から直接翻訳されたものであろうと言われている[17]。したがって、散文版は、二編の韻文版のどちらとも、直接的な関係にはないということになる。

このように、究極的には同じアングロ・ノルマン語の原典に遡る二編の韻文版と一編の散文版は、それぞれ別々に作られたもので、直接的な相互関係はないと言えるが、このことを象徴するように、主人公の名前も、それぞれにおいて少しずつ異なって綴られている。*The Lyfe of Ipomydon* においては、ほぼ一貫して Ipomydon と綴られるのに対し[18]、もう一つの韻文版 *Ipomadon A* では、ほぼ一貫して Ipomadon と綴られている[19]。一方、散文版では Ipomedon と綴られている。同じように、これら三編の間では、他の固有名詞についても、その綴り方がそれぞれ異なっていることが多く、Purdie

(2001) においては、このことが、この三編の関係性の希薄さを表す一つの手がかりとして挙げられている[20]。

同じ原作をもとに、3種類の中英語版が、それぞれ別々に作られたという事実は、当時、この作品がかなりの程度の人気を博し、よく読まれていたということを反映しているものと思われる。これら3種の中英語版以外にも、*Richard Coeur de Lion* や *The Parlement of the Thre Ages* においても、Ipomedon の話のことが言及されており、この話が、当時よく知られていたということを示している。また、話の筋の類似から、この話に大きく影響を受けて作られたと考えられる *Roswall and Lillian* という類話も残っている[21]。

3. *The Lyfe of Ipomydon* のあらすじ

The Lyfe of Ipomydon は、主人公イポミドンが、カラブレランドの王女に恋したことに端を発し、様々な冒険を繰り返す物語で、最終的にこの二人が結ばれるまでの様々な事件や出来事の話が中心となっている。王女が結婚相手を求めて主催した3日間の馬上模擬戦の話を中心とする前半部分（1－1524）と、この王女を我がものにしようとする傲慢な公爵から王女を救い出す話を中心とする後半部分（1525－2346）とに大まかに全体を2分することが出来る。原典の *Ipomedon* やもう一方の中英語韻文版 *Ipomadon A* とは、話の流れから、登場人物の相関関係まで、異なるところが非常に多くある。以下に、*The Lyfe of Ipomydon* のあらすじをまとめておくことにする。

イポミドンは、ポイルランドの王エルモネスの息子として生まれ、王の依頼により、ソロミュー卿にあらゆる教育を施され、立派に成長したが、ある時、宮廷で行われた祭礼の際に、人々がカラブレランドの美しい王女の話題で持ちきりになっているのを見て、この王女に恋焦がれるようになる。ソロミュー卿にこのことを打ち明けると、ソロミュー卿はエルモネス王のもとを訪ね、イポミドンが異国の地で更なる修養を積む許可を取り付ける。イポミ

ドンは、ソロミュー卿やその他一団の人々とともに、カラブレランドの王女のもとを訪ね、ここでこの王女に仕える許可を得る。イポミドンの礼儀作法や肉体美の素晴らしさのため、王女はイポミドンに魅かれるようになる。ある日、食事の席で、王女が自分のことを見つめているのに気がついたイポミドンは、同じぐらい熱い視線を王女に返したが、このように二人が見つめ合っているところを誰かに気づかれてはいけないと思った王女は、とっさに、親戚のジェイソンが、女中のことをじっと見つめているといって非難し、そうすることによって、間接的にイポミドンに注意をしようとした。イポミドンは、自分の行いのために、ジェイソンに恥をかかせてしまったことを大いに恥じ、この国を離れることにする。王女は、イポミドンが去っていったことを知り、大いに悲しむ。

王女の周りの貴族達は、国を治める上で、王女は、王となるべき夫を持つ必要があると進言する。さらには、貴族達に依頼を受けたおじメリアジェル王にも同様の忠告をされたため、3日間にわたる馬上模擬戦を開催し、そこで最も活躍した騎士を夫とすると宣言する。イポミドンが彼女の夫となるべく試合で戦い、彼女を勝ち取ってくれるものと期待していたのである。一方、イポミドンは、この試合のことを念頭に置きつつ、王女のおじであり、セセニーランドの王であるメリアジェルの城で、王妃に仕え始め、王妃の「お気に入り」と呼ばれるほどまでにこの宮廷に馴染む。この宮廷から、馬上模擬戦の行われている間、毎日狩りに行くと見せかけて、実は模擬戦に参加し、鎧兜で顔が見えないことを利用し、出自を隠したまま、初日は白馬に白い武具で、二日目は赤い馬に赤の武具で、三日目は黒い馬に黒い武具で戦い、いずれも一番の活躍を見せる。いずれの日も、試合の後、王女の親戚ジェイソンにだけは、自分の正体を明かし、王女によろしく伝えて欲しいと言うとともに、やむない事情で故国に戻らねばならず、これ以上この国に留まることは出来ないと言って去って行く。このことを聞いた王女は、せっかく自分の期待通りにやって来たこの騎士が去って行ってしまったことを大変悲

The Lyfe of Ipomydon の舞台

ポイルランド
(アプリア)

セセニーランド
(シチリア)

カラブレランド
(カラブリア)

主な登場人物

イポミドン	主人公。ポイルランドの王子。
ソロミュー卿	イポミドンの師で、イポミドンに使える騎士。
カラブレランドの王女	イポミドンに恋焦がれる王女。(名前は言及されない)
ジェイソン	カラブレランドの王女の甥。
メリアジェル王	セセニーランドの王。カラブレランドの王女のおじ。
メリアジェル王の后	イポミドンをお気に入りの騎士とする王妃。
カンパーヌス	メリアジェル王に仕える騎士。
ケイミス	メリアジェル王に仕える騎士。
ジェロン公爵	カラブレランドの王女を我がものとしようとする公爵。

しむが、同時に、またこの騎士が戻ってきてくれるかもしれないという一縷の期待も持ち続ける。

　三日間の試合が終わった翌日、イポミドンは、馬小屋を借りていた人物に、試合での戦利品の馬や武具を持たせ、一同のいる場所へと行かせ、試合で活躍した白い騎士、赤い騎士、黒い騎士が同一人物であったということを説明させる。一同は、この騎士こそがこの国の王になるに相応しいと口を揃えて言ったが、その頃既にイポミドンは旅路についていた。メリアジェル王の騎士ケイミスがイポミドンを連れ戻しに行くも、一騎打ちであえなく敗れ、結局連れ戻すことは出来ずに終わる。

　イポミドンは、父のエルモネス王が亡くなったという知らせを受けて国に戻り、そこで、母から腹違いの兄がいることを知らされるとともに、その兄から母に送られたという指輪を渡される。その頃、カラブレランドの王女に関する新たな知らせが入り、これによると、隣国の公爵ジェロンが、王女を脅迫し、自分と結婚しなければ、国を滅ぼすと言っているとのことであった。イポミドンは道化師に扮し、すぐにメリアジェル王の宮廷へと向かう。騎士の真似事をするおかしな道化師として宮廷に招き入れられ、食事の席にいる時に、カラブレランドから、助けを求めに女性がやって来る。しかし、ちょうどメリアジェル王の騎士達は皆別の国に行っており、王女を助けに行ける騎士がいないと王が言うと、道化師に扮したイポミドンがこの役を買って出て、この女性とともに旅路に着く。旅の途中、３人の騎士が女性を襲おうとするが、イポミドンがこれらの騎士達をことごとく打ち負かす。ようやく王女の城の前まで来ると、ジェロンが王女に対し大声で呼びかけているところであった。イポミドンはジェロンに戦いを挑み、大激戦の末、ついにこれを打ち負かす。傷を負ったジェロンは国へ逃げ帰り、イポミドンは城の外から王女に呼びかける。しかし、ジェロンの弟の鎧兜を身に着けていたイポミドンは、ジェロンであると誤解され、王女は急いで城の脇を流れる川から船に乗って逃げ出す。

船で逃げている途中、遅ればせながら王女の救出にやって来たメリアジェル王の騎士達と出会い、ジェロンかと思われた騎士が、実はイポミドンなのではないかということになり、確認のため城に引き返すこととなる。城には鎧兜を身につけたままのイポミドンがいたが、誤解から、騎士達はこれをジェロンと思い込み、戦いが始まる。激戦を繰り返しているうちに、イポミドンの籠手がぼろぼろになり、手から落ちたが、その時、メリアジェル王の騎士の一人であるカンパーヌスが、イポミドンの指輪に気がつく。実は、カンパーヌスはイポミドンの腹違いの兄で、この指輪を贈った本人だったのである。こうして、この騎士がジェロンではないということが分かるとともに、イポミドンとカンパーヌスとが兄弟であるということが分かり、戦いは終わり、イポミドンはめでたくカラブレランドの王女と結ばれる。

　物語の最後は、二人の結婚式とそれに続く盛大な宴の場面で、皇帝や貴族達、高位聖職者、その他多くの人に祝福されて、その後も、二人は長く幸せに暮らしたとされている。

4. *The Lyfe of Ipomydon* の作品世界

　この物語は、宮廷における礼節や立派な身なりや身のこなし、馬上模擬戦や実際の戦いにおける力量や勇猛さなど、騎士としての理想が前面に押し出された作品で、主人公のイポミドンは、この全てを身につけた理想的人物として描かれている。その他の主要な登場人物も、イポミドンほど完璧ではないものの、多かれ少なかれこの種の理想に従って描かれている。全体として、娯楽性が高く、道徳的・宗教的教訓性や、文学的・哲学的深遠さとは無縁で、馬上模擬戦、騎士の一騎打ち、森における狩、宮廷における晩餐や祝宴等、ロマンスに典型的な主題を駆使しながら、そこで展開される出来事そのものを楽しませるべく作られた物語であると言える。

　中英語頭韻詩ロマンス *The Wars of Alexander* の冒頭にも述べられているように、ロマンスの中でも特に人気を博したものは恋愛物語と騎士物語で

あったが、The Lyfe of Ipomydon もこの両方の性質を併せ持った作品となっている。恋愛物語では、恋愛が成就するまでにいかに長い間相手に恋焦がれる気持ちを変えずに持続したか（How ledis for thair lemmans has langor endured[22]（The Wars of Alexander 7））ということがしばしば扱われるが、The Lyfe of Ipomydon においても、イポミドンと、彼に恋焦がれるカラブレランドの王女とは、簡単には結ばれず、イポミドンが様々な「冒険」を繰り返す間、王女はひたすら彼が自分のもとにやってきてくれることを期待しながら待っている。そして、長い紆余曲折を経て、最後にようやく、二人は結ばれるのである。一方、馬上模擬戦、森での狩り、騎士同士の一騎打ちなど、騎士の活躍を描いた部分も多く、これがこの物語のもう一つの重要な主題となっている。この作品における戦いの場面は、あまり細かく描写されておらず、ほとんどの場合、イポミドンが一撃で相手を倒すという、ごく単純な描写がなされているに過ぎず、この点において、戦いの場面をかなり細かく描いている、アングロ・ノルマン語の原典とは大きく異なっている[23]。描写が単純である分、リアリティには欠けるところがあるかもしれないが、イポミドンの圧倒的な強さが強調されるとともに、物語が冗長にならず、スピーディに展開されるのに一役買っている。

　韻文のロマンスはしばしば宮廷で吟じられたため、詩人（語り手）が王侯貴族を中心とする聴衆に語りかける言葉で始まることが多いが、The Lyfe of Ipomydon も、「高貴で由緒正しき家柄のお偉い様方」（lordyngis gentyll and fre）に対するこの種の言葉から始まる（1－4行）[24]。「お偉い達方」（lordyngis）に対する語りかけは、当初は文字通り、宮廷でロマンスを聞いた王侯貴族に対するものであったが、宮廷以外でもロマンスが吟じられるようになり、必ずしも王侯貴族相手に吟じられるわけではなくなった後も、決まり文句として、lordyngis 等の言葉が使われ続けた。また、ロマンスの吟唱においては、話しの筋道がはっきりするように、これまでとは違う場所における別の人物のことが語られる際などに、詩人自身の言葉でその旨がはっきりと

示されることがよくあるが、The Lyfe of Ipomydon にもこのような、ロマンスの伝統に従った、場面転換のための詩人の言葉が散見される（528, 1075－76, 1524, 1595－96行等）。この他にも、「私の知るところでは」(I undirstand)、「ここでお話ししますように」(as I you say) 等、詩人の語り口を伝えるような言葉がしばしば挿入されている。この種の言葉遣いの面においても The Lyfe of Ipomydon は典型的な韻文ロマンスのパターンに従っていると言える。

　この作品に用いられた言語にも、主に娯楽を目的として吟唱されるべき作品としての性格が色濃く反映されている。この作品で用いられた言語は、全体的に平易で分かりやすく、使用語彙もかなり限られており、凝った言い回しや独自の表現を駆使して、洗練された表現を目指すというよりは、決まり文句の類が多用され、また、何度でも同じ表現が用いられる傾向にある。したがって、文体的には、繰り返しが多く単調であり、文章表現それ自体をも楽しませる作品というよりは、奇想天外な出来事を、誰にでも分かりやすい平易な文体で物語ることが最大にして唯一の目的とされているように思われる。

　このような文体的特徴にもよく反映されているように、この物語の主要素は娯楽性であり、聴衆の興味を引き、聴衆を楽しませるということが第一の目的とされているように思われる。そして、アングロ・ノルマン語の原典に基づきながらも、話を大分簡略化・単純化している The Lyfe of Ipomydon においては、物語に一定の論理性や一貫性を与えるような原典の細部がしばしば省略されており、そのため、物語世界の外側から冷静に、客観的にこれを眺めた場合には、極めて理不尽で無意味な出来事の繰り返しであるようにも映るが、この作品はそういう野暮な見方をせずに、ロマンスの伝統、あるいは Ipomedon の物語の伝統に慣れ親しんでいるということを前提に、ロマンスの世界に完全に身を投じ、これを楽しむために作られたものであると言えるだろう[25]。例えば、イポミドンがカラブレランドの王女に仕えた際に、

名前も素性も明かさずに押し通したこと、狩りに行くと見せかけて実は馬上模擬戦に参加しに行っていたこと、3日間の馬上模擬戦で、戦いが終わるまで素性を明かさなかったことや、その模擬戦で、一日ごとに馬や武具の色を変え、それぞれ別人だと思わせたこと、王女を強引に我がものにしようとする傲慢な公爵から王女を守るために、道化師の格好をして出かけたことなどは、原典においてはある一定の理由付けがなされている反面、The Lyfe of Ipomydon の文脈においては、これらに何の理由付けもなされていない。そのため、いずれも（冷めた目で見れば）全く無意味で奇妙な行いに過ぎず、王妃を手に入れるという目的のためには、多くの場合かえって逆効果であるようにすら映る。しかしその一方で、既に見たように、恋焦がれる気持ちをいかに長く持続するかということは、恋愛もののロマンスで好んで扱われた主題であり、そういうロマンスにおける決まりごとを言わずもがなの前提と捉えれば、理不尽な形で繰り返される恋愛成就の妨げとなる紆余曲折も、理不尽なことというよりもむしろ、ロマンスを面白くするために必要不可欠な要素として、極めて自然に捉えることが出来る。原典においては、イポミドンの「奇妙な」行動の背後に様々な事情があることが説明されているが、伝統的に築き上げられてきたロマンスの世界の楽しみ方を大前提に置くことで、そのような細部を大胆に省き、（話の上での論理性を多少欠くことにはなっても）面白いところだけを取り出して再構成したのが The Lyfe of Ipomydon であると位置付けることが出来るであろう。

　原典と比べた場合の物語の簡略化・単純化の典型的な例として、The Lyfe of Ipomydon における男性と女性の登場人物の扱い方についてここで少しだけ見ておきたい。この物語では、イポミドンを中心とし、彼の周りの騎士達をも含め、男性の活躍が中心に据えられ、暗黙のうちに、女性は男性に従属する者として扱われる傾向がある。このような考え方を象徴するように、カラブレランドの王女に対し、彼女の国の貴族達や、彼女のおじであるメリアジェル王が、女性では国は治められないのだから、王となるべき夫を迎え

るようにとの忠告を与える場面もある (603-08)（原典ではこの辺りの事情が大きく異なっており、このような言葉も見当たらない）。王女は、血統上「お世継ぎ」ではあっても、実際に国を治めるのは結婚相手の男性の方であるとされており、王女には相続をしたり、夫を迎えたりと、受動的な役割が与えられている。イポミドンは、この王女の愛を勝ち得ようと、再三にわたる「冒険」を繰り返すが、王女の方はイポミドンが自分のもとにやってきてくれるのを期待しながら待つのみである。彼女が馬上模擬戦の開催を宣言したのも、メリアジェル王からの結婚に関する忠告に従わないわけには行かないというやむを得ない事情があったし、模擬戦を行うと宣伝すれば、イポミドンがこれを聞きつけて自分のためにやって来てくれるかもしれないと期待してのことであり、やはり男性には能動的、女性には受動的な役割が与えられている。この模擬戦の前にも後にも、彼女はイポミドンが身近にいないことを悲しみつつも、いつか自分のもとにやってきてくれるという淡い期待を胸に、ひたすらイポミドンが現れるのを待っているのである。（一方、原典については、作品自体の目的が、女性のある種のヴィタリティをコミカルかつシニカルに表現することであるとする人がいるほどで、大分印象が異なる[26]。）これに対し、王女に恋焦がれつつも、これを尻目に、旅に出てしまい、特段の理由がない限りは、王女のもとを訪れることもなく、思いのままに修養を積む旅をしているイポミドンの行動は、理不尽なほどに能動的である（原典においては、Ipomedon が旅に出る理由等が説明されていることが多く、その分理不尽な印象も薄い）。

　例えばこのような例にも見られるように、The Lyfe of Ipomydon においては、能動的、活動的で力強い男性像と、受動的、非活動的で弱々しい女性像とが、原典と比べてもとりわけ鮮やかな対照を成しているように思われる。したがって、この物語では、具体的な名前が言及されるのは男性のみであるというのも偶然ではないかもしれない。男性については、例えば、ポイルのペルス卿のように[27]、何ら重要な役割を果たしているわけでもない人物

の名前までもが複数回にわたり言及されているのに対し、女性については、非常に重要な役割を果たしているカラブレランドの王女についてすら、その名前が言及されることは一度もなく、せいぜい「カラブレランドのお世継ぎ」、「あのお美しいお方」、「あの高貴な女性」等と呼ばれるぐらいである。原典やこれをある程度忠実に訳している *Ipomadon A* においても、王女の名前は直接的には言及されていないが、代わりに "proud, arrogant" 等を意味する形容詞を用いて作られた la fiere や the Fere というニックネームが固有名詞的に用いられている（散文版では the feers がこれに当たる）。これらは共に王女が結婚相手に関して極度に高い理想を持ち、これを妥協なく追及していたことから付けられたニックネームであり、王女のある種の気高さやヴァイタリティを（シニカルにではあるが）よく示したものであると言える。そして実際に、物語の中で、このニックネームが示すような王女の性格が一つの重要な役割を果たしている。これに対し、*The Lyfe of Ipomydon* においては、この種のニックネームは一度も用いられず、またこのニックネームが象徴的に表すような王女の性格についても、簡単に、しかも間接的に触れられているのみであり（125-30、1408、2173-74）、原典の場合のようにこれが物語の流れの中で大きく問題とされることもない。このこととも呼応するように、王女の言動についての描写は、原典に比べ大分簡単に済まされている。物語の簡略化、単純化の過程で、王女の性格をよく反映した彼女の言動が大幅に削られ、その結果、原典とは大分印象の異なる、受動的で非活動的で弱々しい王女像が生み出されたと言えるだろう。この他、原典では、王女に仕え、彼女にしばしば助言等を与える Ismeine という女性が活躍するが、この女性についても *The Lyfe of Ipomydon* では名前が言及されることはなく、話の後半に少し登場するだけである。このように、原典の内容を簡略化して示そうとした際に、それぞれの登場人物に関する描写も大いに簡略化され、結果として、男性は能動的、活動的で力強く、女性は受動的、非活等的で弱々しいという、かなり単純な枠組みで登場人物を把握すること

が出来るようになっている。

　人物描写の仕方と同様、The Lyfe of Ipomydon においては、物語の筋それ自体も原典に比べ大分簡略化・単純化されている。また、既に見たように、言語的、文体的にも、単純かつ平明である。その結果、この作品は、全体として単純で深みがなく文学的価値もその分低いと言えばそう言えないこともないかもしれないが、その一方で、冗長にならず、非常に簡潔で分かりやすく、読者・聴衆を飽きさせることなく話が進むという点においては、非常によく出来た作品であるとも言うことができるように思われる。娯楽性の追及という意味においては、この作品は、アングロ・ノルマン語の原典や Ipomadon A よりもむしろ優れているとすら言えるように思われる。

5．邦訳に当たって

　邦訳に当たっては、Ikegami（1983）のテクストに従ったが、特にパンクチュエーションや段落分けについては、必ずしもこのテクスト通りにはなっていない。また、テクストに散見される誤植についても、正誤表等をもとに、適宜これを正しつつ翻訳を行った。この他、このテクストとは異なる読みを採用した場合には、その箇所に注をつけその旨を記した。

　訳文には行数を付したが、必ずしも詩行毎に翻訳したというわけではなく、あくまでも大まかな目安としてのものであり、必ずしもテクストの行数と一致するものではない。全体的に、逐語訳というよりは意訳に近い形で、文脈に即しなるべく容易に理解できるように、文字面に囚われずに訳したので、テクストの文字通りの意味とは大分異なる訳となっている部分も少なからずある。文意を分かりやすくするために言葉を補った場合には、補った言葉を括弧に入れて示した。また、文脈等の理解を助けるために注を付した箇所もいくらかある。

　訳文の言葉遣いに関しては、王侯貴族（に見立てられた聴衆）を前に詩人がこれを吟唱するような調子で書かれた詩であること、また作品の中で、再

三にわたって、宮廷における礼儀、騎士達の理想等、華やかで格式高く優雅な世界のことが多く扱われているということも意識しつつ、極力丁寧な言葉遣いを用いた。

　なお、この作品の邦訳としては、Kölbing (1889) 所収のテクストに基づく野村 (2002) が公刊されているが、本稿の翻訳をするに当たって、これは参考にしていない。ただし、部分的に参照し、拙訳と比較してみた印象としては、野村 (2002) の方がより逐語訳的であるように思われた。また、拙訳と野村 (2002) とでは、テクストの解釈の仕方が異なる部分も少なからずあるように思われた。

　この邦訳は1983年に刊行された Tadahiro Ikegami ed. *The Lyfe of Ipomydon*. Vol. I : Text and Introduction. Seijo English Monograph No. 21. Tokyo : Seijo University のテクストを底本としている。同書からの翻訳を許可して下さった成城大学名誉教授池上忠弘先生と成城大学に感謝します。

[注]

1) Ikegami (1983), pp. lxiii–lxiv.
2) この作品の邦訳には、他に、野村 (1998) および野村 (2002) がある。
3) これらのテクストや、これを含む写本および初期印刷本の詳細については、Ikegami (1983), pp. xii–xvi および Ikegami (1985), pp. xiv–xx を参照。印刷本の年代については、Sánchez-Martí (2008), p. 139に従った。
4) このような違いが見られる行のうち、特に大きな違いが見られる行には、例えば、215, 238, 242, 261, 274, 306, 364, 402, 441, 442, 457, 458, 464, 469, 470, 526, 538, 613, 620, 664, 671, 672, 757, 758, 815, 818, 872–77, 885, 888, 928, 983, 984, 989, 1017, 1023, 1028, 1036, 1059, 1063, 1064, 1085, 1096, 1102, 1103, 1127, 1129, 1136, 1145, 1165, 1166, 1187, 1188, 1189, 1194, 1227, 1228, 1253, 1260, 1301, 1304, 1345, 1352, 1385, 1405, 1408, 1412, 1436, 1440, 1463, 1466, 1486, 1489, 1496, 1534, 1549, 1561, 1584, 1595, 1613, 1614, 1633, 1667, 1716, 1729, 1740, 1817, 1822, 1831, 1864, 1877, 1890, 1896, 1960, 1985, 2006, 2062, 2159, 2167, 2285, 2323, 2346行などがある。編者による修正については、Sánchez-

Martí（2008）を参照。
5 ）アングロ・ノルマン語による原典のエディションには Hue de Rotelande（1889；1975）や Hue de Rotelande（1979）がある。Hue de Rotelande という人物については、*Ipomedon* と、その続編と言われる *Protheselaus* によってのみ知られており、詳しいことは分かっていないが、出身地と思しき Rotelande というのは、ウェールズ北部の Rhuddlan のことであるという。また、*Ipomedon* を書いた当時、彼はイングランドの Hereford の近くに暮らしていたようである。(Legge（1963）, pp. 85-96, Andersen（1968）, pp. xiii-xx および植田（1995）, p. 132を参照。)
6 ）Kölbing（1889）には、これら3種全てのテクストが含まれている。
7 ）Purdie（2001）, p. xv.
8 ）Renwick and Orton（1966）, p. 422； Roberts（1974）, pp. lviii-lix. Ikegami（1993）, pp. 180-81や Kooper（1997）, p. 120も参照。
9 ）例えば、320-24行や、1440-43行などにはこの種の綻びが見られる。
10）エディションには、Kölbing（1889）の他、Andersen（1968）や Purdie（2001）がある。
11）写本の年代については、Purdie（2001）, p. xviii を参照。この詩の成立年代については、同書の pp. liv-lx を参照。成立年代について、Andersen（1968）は1350-90年としている（pp. xxi-xxiv）。
12）Purdie（2001）, pp. xiii-xvi.
13）厨川（1962）, p. 191.
14）Purdie（2001）, p. xv.
15）散文版のエディションは、現在のところ、Kölbing（1889）に含まれるものしかない。
16）Cannon（2008）, p. 26. ただし、*Ipomedon C* は写本によってのみ現代に伝わっている。
17）Purdie（2001）, pp. xv-xvi.
18）ただし、Harley 2252に基づくテキストの2291行と2303行では、第三音節の母音が y ではなく a と綴られており、*Ipomadon A* で用いられる綴りと同じになっている。このテクストの2283-2306行付近においては、他の箇所では用いられない特殊な綴り字が散見されるが、Ipomydon の名前の綴り方についても、この箇所についてはやや特殊であると言える（2277-2301行は別の写字生により筆写されている）。
19）例外として、888行の Ypomadon という綴りが挙げられる。また、Ipomadone と、最後に e をつけた綴りも散見される。
20）Purdie（2001）, pp. xiii-xvi.
21）Purdie（2001）, pp. xvi-xvii.
22）W.W. Skeat, ed., *The Wars of Alexander : An Alliterative Romance Translated Chiefly from the Historia Alexandri Magni de Preliis*, EETS E.S. 47（London： N. Trübner, 1886）より引用。

23) 同様のことは、*Ipomadon A* との比較においてもいえる。詳しくは、Purdie (2001), pp. lxx-lxxx や Kooper (1997), pp. 113-15を参照。
24) この種の言葉から始まるロマンスには、例えば以下のような例がある。*Lordingis that ar leff And dere, / lystenyth and I shall you tell* ... (*Le Morte Arthur* 1-2 ; *Lordinges, herkneþ to me tale!* (*The Romance of Sir Beues of Hamtoun* (A) 1) ; *Lordinges, lysten and holde you styl* (*The Romance of Sir Beues of Hamtoun* (O) 1) ; *Herknet to me, gode men, / Wiues, maydnes, and alle men, / Of a tale þat ich you wile telle* ... (*The Lay of Havelok the Dane* 1-3) ; *lytyll & mykyll olde & yonge / lystenyth now to my talkynge* (*Octavian* 1-2).
25) Mehl (1968), p. 62や Ikegami (1993), pp. 171-72を参照。
26) Hue de Rotelande (1979), pp. 53-55 ; Kooper (1997), p. 119.
27) ボイルのペルス卿は原典にも他の中英語版にも言及がなく、*The Lyfe of Ipomydon* にのみ登場することから、何らかの理由で詩人が独自に加えたものと思われる。

[参 考 文 献]

Andersen, D.M. "An Edition of the Middle English *Ipomadon*." Diss., University of California at Davis, 1968.

Bennett, J.A.W. *Middle English Literature.* Ed. D. Gray. Oxford : Clarendon Press, 1986.

Cannon, Christopher. *Middle English Literature : A Cultural History.* Malden : Polity, 2008.

Hue de Rotelande, *Ipomedon : Ein französischer Abenteuerroman des 12 Jahrhunderts.* Ed. E. Kölbing. 1889 ; repr. Genève : Slatkine, 1975.

Hue de Rotelande, *Ipomédon : poème de Hue de Rotelande (fin du XIIe siècle).* Ed. A.J. Holden. Paris, 1979.

Ikegami, Tadahiro, ed. *The Lyfe of Ipomydon.* Vol. 1 : Text and Introduction. Seijo English Monographs 21. Tokyo : Seijo University, 1983.

Ikegami, Tadahiro, ed. *The Lyfe of Ipomydon.* Vol. 2 : The Two Imperfect Early Printed Editions of *The Life of Ipomydon* with an Introduction. Seijo English Monographs 22. Tokyo : Seijo University, 1985.

Ikegami, Tadahiro. "The Making of *Ipomydon*, A Late Fifteenth-Century Popular Romance." H. Futamura, et al. eds., *A Pilgrimage through Medieval English Literature.* Tokyo : Nan'un-do Publishing, 1993, pp. 165-82.

Kölbing, Eugen, ed. *Ipomedon in drei englischen Bearbeitung.* Breslau, 1889.

Kooper, Erik. "*The Lyfe of Ipomydon* : An Appraisal." M. Kanno, et al. eds., *Medieval*

Heritage : Essays in Honour of Tadahiro Ikegami. Tokyo : Yushodo Press, 1997, pp. 109-23.

Legge, M. Dominica. *Anglo-Norman Literature and Its Background*. Oxford : Clarendon Press, 1963.

Livingston, Charles H. "Manuscript Fragments of a Continental French Version of the *Roman D'Ipomedon.*" *Modern Philology* 40 (1942), pp. 117-30.

Mehl, Dieter. *The Middle English Romances of the Thirteenth and Fourteenth Centuries*. London : Routledge and Kegan Paul, 1968.

Purdie, Rhiannon, ed. *Ipomadon.* EETS O.S. 316. Oxford : OUP, 2001.

Renwick, W.L., and H. Orton. *The Beginnings of English Literature to Skelton 1509.* 3rd ed. London : Cresset Press, 1966.

Roberts, Valerie S. C. "An Edition of the Middle English Romance : *The Lyfe of Ipomydon.*" Diss., University of Michigan, 1974.

Sánchez-Martí, Jordi. "Robert Copland and *The Lyfe of Ipomydon.*" *Notes and Queries* n. s. 55 (2008), pp. 139-42.

Weber, Henry, ed. *English Metrical Romances of the Thirteenth, Fourteenth, and Fifteenth Centuries.* Vol. 2. Edinburgh : George Ramsay and Co., 1810.

植田裕志「中世ロマンと地理 ―『イポメドン』をめぐって―」『名古屋大学文学部研究論集』41（1995），pp. 131-46.

厨川文夫『中世の英文学と英語』第5版、研究社、1962年。

野村貴俊訳「イポミドンの生涯」『群馬高専レビュー』17巻、1998年。

野村貴俊訳『短詩 イポミドンの生涯』愛生社、2002年。

イポミドン伝

高貴で由緒正しき家柄のお偉い様方、
しばしの間、私の話に辛抱強く耳を傾けてくださいまし。
これからお話しいたしますのは、とある王様、
まことに勇猛なるお方のお話です[1]。
当時、かのお方は、大変お勇ましくあられ、 5
ご立派で、聞こえ高くあられました。
頭の先から足の先までお美しく、
国中で大変慕われておりました。
筋骨粒々、強靭なるお身体をしておられましたが、
いかなる人にも危害を加えることはありませんでした。 10
このお方は、ポイルランドの君主にして、
金銀財宝の多くをお持ちで、
貴賎を問わずあらゆる人々に慕われ、
大いに尊敬されておりました。
このお方はエルモネス王といい、 15
悪を憎み、平和を愛するお方でした。
お后様は、輝かんばかりにお美しく、
王様との仲も大変睦まじくありました。
このお二人が、お世継ぎを求めて神様にお祈りしたところ、
神様は、立派でお美しいお世継ぎをお与えになりました。 20
このお子様は心身ともに健やかで、
お二人は、慎み深く神に感謝しました。
それから、このお子様を連れて教会へ行き、
洗礼を施し、イポミドンと名づけました。

---

[1] ここではこの物語が「とある王様」についてのものであるとされ、16行目までこの王についての賞賛の言葉が続いているが、ここであたかも物語の主人公であるかのように扱われている王は、実際には主人公イポミドンの父親にすぎず、物語の中ではほとんど何の役割も果たさない。

お二人は、お子様を子守のところに連れて行き、
このお子様が心地よい毎日を送れるよう取り計らいました。
このお子様の面倒を、何から何まで適切に見る
多くの女性達が雇われておりました。
お子様は健やかで、また大きくなられ、
寝室やら大広間やらでお遊びになられました。
これほどまでに健やかなる子は二人といないと、
王様はお子様の成長に大変満足されておりました。
　ある時、王様はソロミュー様という
大変忠実な騎士を呼びました。
このお方は、屈強なる騎士であり、
この国で、身分の高い人々にも、低い人々にも、
大変慕われておりましたが、
これも、あらゆる徳が備わっているが故でありました。
このお方は礼儀正しく、口調も丁寧で、
事実、貴人達が広間で従う礼儀、
貴女達が大小の部屋で従う礼儀を
非常によくわきまえておりました。
エルモネス王は、（ソロミュー様に）おっしゃいました。
「余には可愛い息子がおる、
わが国全てを受け継ぐ世継ぎである。
今後、この子のことを、
そなた自身の子の如くに知り、
あらゆる方法にて、教育してはくれまいか。」
この騎士は、丁寧な言葉で答えました。
「王様、王子様のお役に立つことを、私めが
お教えできるのであれば幸いにございます。」
こうして、この騎士はイポミドン様を引き受けました。

ソロミュー様は、イポミドン様に本の読み方や
歌の歌い方を教えるための教師として聖職者を招き、 55
それが一通り済むと、その他様々なことについては自らお教えになりました。
さらには、宮廷における
大小の貴族への接し方、
王様の御前にての、食事の盛り分け方、
身分の高い者、低い者との適切な接し方も教えました。 60
猟犬を使っての狩りや鷹狩りについて、
それから、海や野原や川においての狩りについても
同様に余すところなく教えました。
森での野生の鹿の狩り方や、
草むらでの馬の乗り方も教え、 65
その結果、彼は誰の目にも満足に振舞うことができるようになりました。
彼は人柄も大変にすばらしく、
この国の全ての人が、彼のことを賞賛しました。
彼は穏やかで、礼儀をわきまえ、高貴であり、
これほどの人物は他にいないと思われるほどでした。 70
私の知る限り、身分の高い者も、低い者も、
殿方もご夫人も、彼を褒め称えておりました。
行き届いた礼儀作法の故に、
彼の周りの者たちは皆、彼を敬愛いたしておりました。
今や彼は立派になられ、 75
あらゆる美徳を兼ね備えておりました。
当時の彼は非常に力強く、
立派な骨格をし、見事な体格をしておられました。
この国にては、誰も
彼に敵意を示す者はおりませんでした。 80
彼は全人民に慕われており、

王様も大変に満足されておりました。
　毎年、聖霊降臨祭の時期に、王様は
祭りを開いておりました。
公爵様も、伯爵様も、男爵様も、 85
多くの方々が、様々な町から祭にやって来られました。
高貴で由緒正しきお家柄のご婦人様方や娘様方も、
遠くの国よりおいでになっておりました。
また、遠方から、立派な貴人達が
招待されておりました。 90
皆が集まると、
そこにいる大勢の人々は楽しげで、
これ以上ないというほどの、
惜しみないもてなしがなされました。
その日は、大広間でイポミドン様が人々をもてなしておりましたが、 95
大小の貴族が、皆一様に、彼のことを話題にし、
ご婦人様方や娘様方は、彼に視線を注いでおりました。
これほどまでに素晴らしいお方を見たことがなかったのです。
広間において、彼の美しい容姿はあまりにも際立っており、
多くの貴婦人達が心を射抜かれ、 100
ご自分達のご主人との違いを思い、
心の中で嘆いておりました。
晩餐の後、
その場の一同は皆、食後のひと時を楽しみました。
応接間に行かれた方々も、寝室に行かれた方々も、 105
やぐらに登った方々も、
大広間に残った方々も、
そこで思い思いの話をしておりました。
この町に暮らす方々が、

異国から来た方々に、 110
カラブレランドの王は誰かと尋ねたところ、
あるお方が、これに答えました。
「かのお方が亡くなられてから久しい時が経ちますが、
王様はお美しく立派な姫君を遺されました。
このお方は、王様の一人娘にして家督を継ぐお方。 115
いかなる土地にも、彼女ほど
お美しく立派な方はおられぬと、皆が言っております。
これ以上ないほどお美しく立派なお方です。
今日一日をかけて、彼女がいかに美しいか
語ろうとする人もいるかもしれませんが、 120
彼女の威厳や礼節を語りつくすことは出来ません。
それほど徳の高いお方なのです。
この世には、どこにも
このお方の徳を語ることの出来るほど優れた者はおりません。
様々な王様や公爵様、 125
皇帝様までもがこのお方に会いにやって来なさり、
姫君を妻として欲しましたが、
姫君は、生ある者は誰をも夫とはしたがりません。
というのも、姫君は、この世には生きて存在しないほど、
戦において勇猛なお方を望まれているからです。」 130
カラブレランドの美しく立派な姫君についての
この噂は、応接間にも大広間にも、
隅々まで広まりました。
イポミドン様は常にこの話に聞き耳を立てておりました。
応接間でも小部屋でも、 135
人々が評判高きこの姫のことを口にしておりました。
口をきくことができる者で、

この姫君のことを口にしない者はおりませんでした。
イポミドン様は人々の間に入り、
あちこちで話を聞いておりました。
この姫の噂話を聞いているうちに、
彼女が本当に噂通りのお方かどうか、
会って確かめてみないことには、
胸が張り裂けてしまうのではないかと思われるほどになりました。
　この姫君のことを思い焦がれるあまり、
イポミドン様の心は暗く沈み、
日夜鬱々としておりましたが、
それでも誰にもこのことを話すことはありませんでした。
そのような折、良き師であり忠実なる
ソロミュー様がやって来て
おっしゃいました、「お願いです、殿下、
誰があなた様をこのように落ち込ませ、
これほどまでに鬱々とさせているのか、私にお教えください。
天の王、イエス様にかけて断言いたしますが、
それがあなた様のお父君でない限りは、
その者は何らかの報いを受けましょう。」
「いや、そうではないのです、先生。
先生にはお話しいたしましょう。
先生にお助けいただけなければ、
私の元気が戻ることはないでしょう。
といいますのも、実は、
私の心は、ある女性から離れず、
そのため、常に彼女のことが頭にあるのです。
彼女に会うことが出来なければ死んでしまいそうなぐらいです。
このお方はカラブレランドのお世継ぎで、

人々が大変に称賛しております。
しかし、仮にこの女性のお側にお仕え出来たとしても、
心配や気苦労で私の心は張り裂けてしまうでしょう。」
ソロミュー様は言いました、「そんなことでお悩みになりなさるな。
死んでおしまいになるですと？　　　　　　　　　　　　　　170
あなた様は、王様のご子息であり、この国のお世継ぎで、
将来きっと幸せで素晴らしいご結婚をなさるお方。
キリスト教国において、あなた様ほど、
恵まれた結婚をされるお方は他におりませぬ。」
「せっかくのお言葉も、気休めにはなりません。　　　　　175
自分の思うところに従い、
彼女の元へ行けないのであれば、
それがために私はすぐにでも死んでしまうでしょう。」
ソロミュー様は言いました、「彼女のことを本当に
諦めることがお出来にならないようですな。　　　　　　　180
それでは、私が王様のところに行き、
あなた様が、思いのままに、
お望み通りに、この姫君にお会いしに行くことが出来るように、
すぐにでも、王様のご許可を取り付けてまいりましょう。」
ソロミュー様はその場を立ち去り、　　　　　　　　　　　185
王様のもとへと行きました。
王様の前に跪くと、
大変丁寧な調子で話し始めました。
「王様、一つお願い申し上げたきことがございます。
何卒お聞き入れいただきたくお願い申し上げます。　　　190
ご子息のイポミドン様におかれましては、
ひとり立ちされたいとお考えです。
この国で、王様のご庇護の下、

イポミドン様はよく学ばれました。それは私の目から見ても確かであります。
そこでイポミドン様は、今度は異国の地に赴き、 195
更なる修練を積みたいとお考えです。
真意をご賢察いただき、
王様からのご許可をいただけるよう、王子様は心よりお願いいたしております。
私めも準備を整え、
王子様にお従いし、 200
王子様の騎士としてお仕えし、
全身全霊をもって王子様の名声を高め申し上げる所存にございます。」
これを受け、エルモネス王は言いました、
「それが我が息子の望みであるのなら、
息子の考えに余は満足である。 205
息子の望みはもっともであるし、
そながた息子と共に行くと申したことで、
そなたが余に忠実なる友であるということも分かった。
あらゆるものを十分に持ち、
不足のなきよう取り計らうがよい。」 210
ソロミュー様は王様の御前から下がり、
イポミドン様のもとへと戻り、
言いました、「殿下、確かに、
お父上はあなた様のお望みをお聞き入れくださいました。
あなた様には、何も躊躇することはないとおっしゃいました。 215
また、私には、あなた様と共に行くようにとお命じになりました。」
「神様にかけて、感謝いたします。
先生がいかに私のことを思ってくださっているかが分かりました。」
それから、彼らは
馬と馬具を出し、出発の準備をしました。 220
あらゆるものが揃い、不足するものはありませんでした。

王子様は父王のもとを訪ね、
王様の前で跪き、
祝福の言葉をかけていただけるようにと請いました。
「我が忠実なる息子よ、 225
マリア様がイエス様にお捧げになったのと同じ祝福がそなたにもあらんことを。」
　さて、彼らは旅路につきました。
イポミドン様は大変屈強なる
手下の者達全員に、
遠くの土地にても、近くの土地にても、 230
あるいは、見知らぬ川の向こうにても、いかなる場所にても、
自分の名を決して口にしてはならぬ、と命じました。
「決して明かしてはならぬ、私が誰なのか、
私がどこから来て、どこへ行くのかを。」
手下の者達は皆、この命令に従い、 235
結束固く旅を続けました。
イポミドン様とソロミュー様は
考えうる限り最高級の
ローブをまとい、新しいマントを羽織っておりました。
マントには多くの 240
宝石がちりばめられており、
このような立派な身なりの方はこの国には他にはおりませんでした。
　遥かなる旅路を越えて、
一行はついにカラブレランドにたどり着きました。
城門のところまで来ると、 245
そこには門番が控えておりました。
彼らは門番に頼みました、
大広間へ行き、
「そして、由緒正しきお家柄の高貴なお姫様に

遠くの国から客人があったことをお告げし、 250
もしよろしければ、
本日お食事を共にさせていただけないか、お尋ねください」と。
門番は大変丁寧に答えました。
「用向きはしかと給わりました。」
姫君は食事の席に着いておいででした。 255
そこへ門番がやって来て、丁寧に挨拶をして言いました。
「姫君、あなた様に神様のご加護がありますように。
城門に客人がお見えです。
見たところ、異国からお見えの方々のようです。
施しに食事を所望いたしております。」 260
すぐに姫君は
城門を開けるようにと命じました。
「客人におくつろぎいただくために、
皆をここへお通しいたしなさい。」
一行は、小姓や馬やその他一切合財とともに城へ入りました。 265
二人は大広間へ入りました。
イポミドン様は跪き、
姫君に丁寧に挨拶の言葉を述べました。
「私は異国からやって参った者でございます。
もしお許しいただけるならば、 270
今後あなた様のもとにご厄介になり、
あなた様のもとで修養を積ませていただきたくお願い申し上げます。
私が遠き国からやって参りましたのは、
あなた様の下で修養を積むこと、あなた様にお仕えすることが、
いかに素晴らしいかということを、 275
以前から聞き及んでいたからにございます。
あなた様にお仕えさせていただくことで、何がしかを学ぶことのできるよう、

ここに住まわせていただきたくお願い申し上げます。」
姫君はイポミドン様をご覧になられましたが、
彼は高貴な生まれのように映りました。 280
この国には、これ程までに
立派で品行方正な者はおりませんでした。
姫君はまた、彼の礼儀作法から、
彼が大変高貴な家の出であるとも見て取りました。
たちまちのうちに、姫君は悟りました、 285
彼は単に働き口を求めてやって来たのではなく、
立派に勤めを果たすことにより、
自分に対し敬意を表するために来たのだということを。
姫君は言いました。「あなた様も、
あなた様と共に来られた全ての方々も、ようこそいらっしゃいました。 290
これだけの大変な旅をして来られたのですから、
勤めについても、期待を裏切ることはありますまい。
この国においては、ここにお住まいください。
そして、思いのままに修養をお積みください。
（晩餐の席では近くに仕え）私の杯を満たしてください。 295
また、あなた様のお連れの方々も皆、あなた様と共にここにお住みください。
節度あるお振る舞いをなさっていただけさえすれば、
あとはここで思いのままにお過ごしください。」
「ありがたき幸せに存じます、姫君。」
イポミドン様は、姫君に丁寧に感謝の言葉を述べました。 300
姫君は、彼に食事の席に着くようにとおっしゃいましたが、
席に着く前に
彼はその場にいた人々に、身分の高い方々にも、低い方々にも、
大広間において貴人がすべきように、丁寧に挨拶をしました。
するとたちまち、人々は、 305

これほど素晴らしく、純粋で明るく、
また、これほど立派な服装をしたお方には
お会いしたことがない、と言いました。
席に座ったまま彼の方へやってこない人は誰もいませんでした。
それどころか、彼の立ち居振る舞いに感嘆し、310
立派な服装が示す通り、
さぞかし高貴なお方であろうと言いました。
食事をし、食後のお祈りをし、
テーブルが片付けられると、
イポミドン様は立ち上がり、315
マントをはおり、
すぐにワイン貯蔵庫へと行かれました。
人々は皆、彼を目で追いながら、
口々に言いました。
「あの立派な騎士が、320
なんとも素晴らしいマントをはおって、
我らが姫君にワインを注ごうとしているぞ。」
別のことをお考えになっていたイポミドン様は、
彼らの嘲るような言葉にはお気づきありませんでした[2]。

---

2) マントを羽織ってワインを注ぐことは礼儀作法に反することであり、イポミドンがマントを羽織ったままワインを注ごうとしているのを見た人々は、彼の非常に立派な身なりとは裏腹に、彼が礼儀作法を知らないのではないかと言って嘲っているのである（原文ではscornyd "scorned" という語が用いられている）。しかし、これ以前の文脈で既に人々がイポミドンの礼儀や気品に大いに感嘆したとされており、その後で人々がイポミドンを嘲るというのは、文脈的にやや唐突でぎこちないところがあるように思われる。一方、原典においてマントのことが問題となるのは、新参者のイポメドンがどのような人物かまだはっきりしない段階で、人々が彼を褒め称えるようになるよりも以前の話である。したがって、この箇所のややぎこちない文脈は、恐らく原典の話の流れが不完全に再現されたことに起因するものであると考えられる。(Ipomedon 457-500 および Ipomadon A 443-90 を参照。)

彼は献酌官の持つ杯を取ると、 325
大変美しい絹のレースの組みひもを引き、
自らのマントを床に落とし、
献酌官に向かって、大変に礼儀正しく、
またすぐによりよい贈り物をいたしますが、まずは
この小さな贈り物をお受け取りください、とおっしゃいました。 330
献酌官はこれを持ち、
姫君の前まで行き、
彼の礼儀に報いるお言葉をおかけくださいと、
姫君にお願いいたしました。
大広間にいた皆の者達は 335
イポミドン様を誉めそやし、
このような贈り物を捧げることが出来るとは、
さぞかし名のあるお方にちがいない、と言いました。
　イポミドン様は、ここに長い間滞在し、
姫君に満足なお仕えをしておりました。 340
彼の振る舞いは、
騎士に対しても、貴婦人に対しても、従者に対しても、大変にご立派で、
大層礼儀正しくありましたので、
周りにいる皆が彼を敬愛しておりました。
姫君にはジェイソン様という親戚がおりましたが、 345
彼もまた、イポミドン様を心より敬愛いたしておりました。
イポミドン様が行くところにはどこでも
ジェイソン様がついておいででした。
　姫君は、寝床に就かれておりましたが、眠られずにおりました。
といいますのも、かの従者のことが頭から離れずにいたからです。 350
そのお身体、腕、その他全てが
なんと立派で、均整の取れていることか。

この国には、このような容姿を持ち、なおかつ豪胆な
お方は一人もおりませんでした。
しかし、姫君には、彼がどこから来たのか、彼が誰なのか、 355
知ることの出来る機会がありませんでした。
異国から来たこの従者自身に尋ねる以外には他に、
尋ねる者もおりませんでした。
姫君は、どうにかして
彼がどこから来たのか知る方法がないか、 360
知恵をめぐらせておりました。
姫君はこのようなことばかり考えておられたのです。
そして、姫君は、家来達を連れて森へ狩りに行こうと思い立ちました。
狩りの仕方で、彼のことが分かるかもしれないとお思いになったからです。
夜が明けて次の日になると、 365
姫君は家臣達に言いました。
「明日の夜明けに、
全ての猟犬を連れて
狩りに出かける準備を整えておきなさい。
森へ狩りに行きます。 370
私も同行し、
あなた方の狩りの様子を見せていただきます。」
イポミドン様は、故国から
三頭の猟犬を連れてきておりました。
姫君をはじめ、 375
あらゆる猟犬を連れた
家臣一人一人が、
森に向かおうとするとき、
ソロミュー様も、
主君の犬を連れて来るのを忘れませんでした。 380

この犬達は長い間走っておりませんでしたので、
ここで犬達に狩りをさせられれば、丁度都合が良かったのです。
　一同が意気揚々、森の中の拓けた場所に着くと、
見晴らしが最も良く、
森での狩りの様子が一望できる場所に 385
姫君のための天幕が張られました。
勢子が森に入り、
多くの獣を捕らえました。
雄や雌のアカシカやダマジカ、
それに、その他まだまだ多くの動物を捕らえました。 390
立派な猟犬は、
一撃で鹿を引き倒しました。
イポミドン様も、猟犬で、
雄と雌のダマジカを捉えました。
彼は、三頭の猟犬で、 395
他の全ての人々よりも多くの獲物を捕らえました。
それから、従者達は、
各人が思い思いの方法で、鹿を捌きました。
イポミドン様も、一頭の鹿のところへ行き、
大変に見事な手つきでこれを捌きましたが、 400
その様子があまりにも立派であったので、
騎士も従者も皆、彼に視線を向けておりました。
姫君も、天幕の中から、
彼が鹿を捌く様を眺めておいででした。
姫君は、彼を大変立派な方だとお思いになりましたが、 405
この様子を見た全ての人も同じように感じておりました。
イポミドン様が捕った全ての獲物を見て、
彼が狩りについて熟知しているということを知り、

姫君は、彼が高貴な生まれの人物にちがいないと、
心の中で思いました。410
姫君は、ジェイソン様に、皆を集めるようにとお命じになりました。
一同は皆、家路に着き、
やがてすぐに城に戻りました。
姫君は食事の席に着き、
その日の獲物を、十分にお召し上がりになりました。415
期待通り多くの獲物が捕れておりました。
私の知るところでは、イポミドン様は、
いつもの通りに、姫君にお仕えいたしておりましたが、
姫君は言いました。「本当に、
あなた様は、今日、大変なお働きをなさいましたので、420
今日の食事の席では、
別の者に給仕をしていただくことにいたします。
すぐにお食事をお採りください。
我が一族の、ジェイソンがあなたのお側に控えます。」
姫君の心はイポミドン様に釘付けでしたので、425
彼の方をじっと見つめて、
目を離しませんでした。
イポミドン様にもこのことがよく分かり、
すぐにこう考えるようになりました。
ここで見つめ返すことを慎んでいては、430
相手を見つめることにかけては、
姫君より自分の方が臆病ということになる、と。
イポミドン様が、自分のことを
じっと見つめ返しているとはっきり分かった時、
姫君は、これを見咎められるのを恐れ、435
当惑し始めました。

もし誰かが、
二人が見つめ合っていることに少しでも気づけば、
皆の者がそろって、
二人の間には、何か特別な感情があると言うようになり、 440
そうなれば、彼女の名誉は傷つけられ、
名声の多くを失うことになってしまうからです。
姫君は、イポミドン様の隣に控えている縁者、ジェイソン様を使って、
そっと注意しようと考えました。
姫君は言いました。「ジェイソン。何をしているのですか。 445
私に仕える女中を執拗に見つめるとは、
恥を知りなさい。
そんなことでは、あなた方の間に何か罪深いことがあると
噂になるではありませんか。
そんな風に見つめるのはおやめなさい。」 450
イポミドン様はすぐに、
姫君がジェイソン様を
理由もなく非難された言葉を思い返し、
その原因が自分にあるということをはっきりと悟りました。
彼は下を向き、自分のために罪をかぶったジェイソン様に 455
大変申し訳なく思いました。
イポミドン様はじっと座って何もおっしゃいませんでしたが、
もうこれ以上ここに滞在するわけにはいかないと思いました。
　姫君が寝室に戻られると、
イポミドン様は姫君を訪ね、おっしゃいました。 460
「姫君、あなた様が私にお与えくださった多大なる栄誉を、
神様があなた様にお与えくださいますように。
あなた様のご多幸をお祈りいたします。私は
もと来た国へ戻ろうと思います。」

姫君はおっしゃいました。「ご無事で。ここを去られるも、 465
ここに留まられるも、あなた様のお考えのままに。」
イポミドン様はすぐに大広間に戻られると、
大貴族にも小貴族にも、
身分の高い人にも、低い人にも、別れの挨拶をしましたが、
彼らは皆、これを大変辛く思いました。 470
イポミドン様は、すぐにジェイソン様のところに行き、
重い気持ちで別れの挨拶をしました。
ジェイソン様は直ちにおっしゃいました。
「こんな馬鹿げたことはおやめになって、
我らが姫君と共にここにお留まりください。 475
姫君はあなた様のことを大変愛しておられます。
もしあなた様がこのようにしてここをお去りになってしまえば、
姫君は、悲しみのあまり、死んでおしまいになります。」
「ジェイソン殿、そのようなお考えはお忘れください。
私はこれ以上ここに留まるつもりはありません。 480
皆様方を平和なこの国に残し、
私は家郷にある父王のもとに戻ります。」
「我が親友、イポミドン殿、
あなた様がここを去られるというのなら、
あなた様が戻られるというその国へ、 485
私も一緒に行かせてください。
喜んでお供させていただきます。」
「ありがたきお言葉。神様のお恵みがありますように。
しかし、私と共に来ていただくわけにはゆきません、
私がここに連れて来た者達以外は誰も。」 490
イポミドン様は、ジェイソン様に別れの挨拶をすると、
また別の方のもとへと向かいました。

イポミドン様が去られたと知ると、
姫君は悲しみに暮れました。
ベッドの上に横たわり、 495
一人おっしゃいました、
「あの大変にご立派なお身体に違わず、
お力があり勇猛なお方であるとすれば、
あのようなお方はこの国にはいらっしゃらないでしょうに。
いったいあのお方はどこから来たのでしょう。 500
ああ、何ということでしょう、
あの一言のために、あのお方は行ってしまわれた。
世界中を探しても、
あれほど立派なお身体をしたお方はいらっしゃらないでしょうに。」
高貴な家系にお生まれのこの姫君は、 505
その夜、鬱々とし、
誰もどなたか知らない
異国のお方のことを思い、
悲嘆に暮れておりました。
姫君はしばしばおっしゃいました、「ああ、 510
キリスト教国には他にいらっしゃらないほど立派なあのお方は、
きっと将来は騎士になられるでしょうに。」
このように、姫君は、時には自らを慰め、
時にはひどい悲しみに見舞われておりました。
　さて、ご案内の通り、イポミドン様は国へ向けて出発しましたが、 515
使者を残しており、
何か新たな情報を知り得た場合には、
彼にこれを伝える手はずになっておりました。
いかなる情報であれ、使者はこれを、
直ちに、イポミドン様にお伝えすることになっておりました。 520

イポミドン様はポイルランドにたどり着き、
父君である王様、そして
母君である王妃様のもとに戻られました。
イポミドン様のお帰りを、ご両親とも大変にお喜びになられました。
彼は大変礼儀正しく、手強く勇猛で、 525
この土地においては大変よく知られておりました。
あらゆる人々が彼を敬愛するほど、彼の徳は優れていたのです。
さて、少年時代のイポミドン様のお話はこのぐらいにいたしましょう。
　イポミドン様とご両親は長年、多くの喜びや楽しみを共にしながら、
一緒に暮らしました。 530
王様はご子息であるイポミドン様を騎士にし、
彼に仕えるべく、その他多くの者をも騎士にしました。
馬上模擬戦の開始が宣伝され、見物の貴婦人達や、
大変多くの貴人達がやって来ました。
野原では、馬上模擬戦の準備が行われ、 535
千人もの人々が槍や盾で武装しました。
騎士達は馬に跨り、試合を始めました。
槍で突かれ馬から落とされる者が、どちらの側にもおりました。
この日、イポミドン様は連戦連勝で、
何人もと対戦しましたが、 540
対戦者のうちの誰一人として
彼を槍で捕えることは出来ず、
やがてすぐに
対戦者も馬も地面に倒れてしまうのでした。
先触れの者が、王様のご子息様に賞金を授与し、 545
イポミドン様は一千ポンドを手にしました。
また、音楽を奏でる演奏家達には、報酬として黄金が与えられました。
こうしてこの祭は四十日の間行われました。

さて、ここからは、カラブレランドのお世継ぎについて、
そして、彼女に仕える公正で立派な貴族達についてお話ししましょう。 550
貴族達は会議を開き、その席で、
まだ年若き姫君に代わり、
この国や人々を治めるべく、
お婿様をお迎えになるべきだとの
意見で一致いたしました。 555
貴族達は皆でそろって姫君のもとを訪ね、
言いました。「姫君、我々からのご意見を
申し上げさせていただきたく存じます。
この国を立派に治め、
この地に伝わる高貴なる血脈を絶やさぬよう 560
あなた様との間にお世継ぎをもうけられる
王様がいらっしゃらない期間があまりに長く続くと、
この国のためにはならないと、人々は考えております。」
姫君は、心穏やかに、お答えになりました。
「あなた方の助言はいつも適切なものですが、 565
まだ夫を持つつもりはありません。」
貴族達は姫君に挨拶をし、
御前から下がりました。
それから、もう一度会議を開き、
姫君のおじ、メリアジェル王のもとを訪ね、 570
姫君のお考えについてお話し申し上げよう
という意見ですぐに一致しました。
お婿様を迎えられるようにとの進言を、
姫君が即座に拒否されたためでした。
彼らはすぐに 575
この王様の国を訪れました。

メリアジェル王の御前に出るとすぐに、
彼らは跪き、
敬愛の情を込めて、
彼らの請願を聞いていただけるようお願いしました。 580
彼らは、問題の一部始終を話しました。
これまでに何をどのように行ってきたのか、
また、夫を持つつもりはないという、
姫君のご返答についても話しました。
「このようなわけで、王様にお願いに参った次第です。 585
我が国を最もよい方向へ導くような
ご助言を、姫君にしていただくのに
あなた様ほどよいお方は他におりません。」
王様はおっしゃいました、「確かに、
あなた様方のなさった進言は、適切なものと思います。 590
我が姪を訪ね、こちらに戻る前に
夫を持つか、さもなくば、
金輪際我が親愛を捨てるのか、
決めさせることをお約束いたしましょう。」
貴族達は王様に大変丁寧にお礼を言ってから、 595
家路に着き、国に戻りました。
　メリアジェル王は姪のもとを訪ねましたが、
姫君は大いに歓迎なされ、
王様のお越しを大層喜ばれ、
丁重におもてなしいたしました。 600
大広間でのおもてなしの後、
王様は例の助言をしようと、姫君を呼び寄せ、
おっしゃいました、「可愛い我が姪よ、私の話をお聞きなさい。
この国の王となり、

全てを統治する 605
夫を持ちなさい。
いかなる女子(おなご)であれ、これだけの土地を
統治することは出来ぬのであるから。」
姫君は答えました、「王様、あなた様と私とは血縁で結ばれております。
あなた様のご助言を、私は真摯に受け止め、 610
これを最大の栄誉として、
喜んでお従い申しあげます。
私が結婚するに当たり、
この城の外で、
三日間続けての馬上模擬戦を行うこと、 615
そして、そこで最も活躍し、
最も勇猛だったお方が、
私を娶り、この国全てを手に入れるという布告をお出しください。
これから時をおかずお触れを出し、
試合の日まで半年の時間をおいてください。 620
そうすれば、近隣にも、遠方にも、
この試合がここでいつ行われるのかが知れわたるでしょう。」
　美しい姫君は、
昼夜を問わず、例の異国の従者のことを考えておりました。
「もしも、あのお方が私の思うような、 625
勇猛果敢な方であったなら、
私のために、きっと試合にやって来て、
必ずや私を勝ち取ってくれるはず。」
広くお触れを広めるために、
すぐに先触れの者達が集められました。 630
このお触れは、大きな国にも小さな国にも、
全ての国々に知られるところとなりました。

イポミドン様の使者はすぐに
ポイルランドに戻りました。
彼はこのお触れの詳細を知り、 635
これを余すところなく主人に伝えました。
イポミドン様は、この知らせを聞いた時、
大変お喜びになられました。
彼は、師であり、常に立派で忠実な
ソロミュー様をお呼びになり、 640
おっしゃいました、「先生、すぐに出立の準備をしてください。
カラブレランドへ向かいますぞ。」
ソロミュー様は、三頭の立派な軍馬と、
三種類の立派な馬具を用意されました。
一頭の馬は、ミルクのように白く、 645
馬具も白い絹で出来ておりました。
二頭目の馬は、赤く、強靭で力強く、
馬具も同じ色でした。
もう一頭は、黒い馬で、
同じ色の馬具もありました。 650
父君の所有する中でも最高の
グレーハウンド三匹も連れてこられましたが、
これもそれぞれ赤、白、黒でした。
このようにして準備を整えると、イポミドン様は
一人の美しい女性を連れて、 655
旅路に着きました。
彼らはセセニーへの道を進みました。
　　この国に着くと、
イポミドン様はソロミュー様に、
馬や、全ての部下達、全ての衣服を持っていくように命じました。 660

「そして、誰にも見られない夜に、
街に宿をお取りください。
昼夜を問わず、ここに寝泊りする者を除き
誰にも手下の者達を見られぬようにしてください。」
　　イポミドン様は、旅を続け、 665
とある森へとやって来ました。
その森では、メリアジェル王が狩りをしており、
アカシカの雄雌やその他の動物を追っておりました。
イポミドン様はそこで、一人の騎士に出会ったので、
森で狩りをしておられる 670
あの立派な貴人はどなたかと、
すぐに尋ねました。
この騎士は答えました、「お知りになりたいのであれば、お答えしましょう。
ここで狩りをなされているのは、
メリアジェル王です。」 675
イポミドン様はこの王様のところまで馬に乗って行き、
王様への敬意を表しつつ挨拶されました。
王様も彼を立派なお作法で歓迎いたしました。
イポミドン様は、王様に、もしよろしければ、
少しの間、手をお休めになり、 680
この私の話を聞いていただけませんかと、お願いいたしました。
すると、王様は即座にこれをお聞き入れになりました。
「ご覧の通り、私は一介の騎士にございます。
遠い国からやって参りました。
あなた様の高潔さについては、以前から聞き及んでおります。 685
あなた様の国において、
あなた様と共に生活し、
この国の作法を学ばせていただきたくやって参りました。」

王様がこの騎士をよく見たところ、
素晴らしい人物に思われました。 690
「この国には、近場にも遠方にも、
これほど立派な若者はおらぬ。」
王様は丁寧な口調でおっしゃいました、「騎士殿、
そなたを喜んでお受け入れいたそう。」
イポミドン様はおっしゃいました、「次のようなお約束を 695
果たすことをお誓い申し上げます。
あなた様のお后様がどこに行かれる時にも、
寝室から大広間まででも、
喜んで護衛をいたし、
お后様を我が主人とお呼びさせていただきます。 700
また、礼儀をわきまえた我が女中を、
お后様の寝室にお仕えさせていただきます。
私がお后様の護衛に立つ際には、
お后様のキスが私への報酬となりましょう。
私の勤めに対し、これ以上のものは望みません。」 705
これを聞き王様はすぐに、
イポミドン様が見返りを期待してやって来たのではないと悟り、
彼の願いを聞き入れました。
それからすぐに、王様は狩りをお止めになり、
ご両人とも共に馬で家路に着き、 710
お后様に、ここでなされた約束についてお話しに行きました。
「あなた様方がお取り決めになったことを、私もうれしく受け止めます。」
ここにイポミドン様は長く滞在され、
大変に楽しく、満足で、愉快な日々を過ごされました。
彼はお勤めを大変立派にこなし、 715
お后様のお望みになる通りにお仕えいたしておりました。

お后様がいらっしゃるところではどこででも、寝室でも広間でも、
彼はお后様のことを、ご主人様と呼びました。
　さて、ある日、人々は
例の馬上模擬戦に臨む準備をしておりました。　　　　　　　　　　　720
メリアジェル王も、
彼に仕える全ての騎士達と共に、模擬戦に向かおうとしておりました。
カンパーヌス様は、立派な騎士で、
これほど屈強なお方はどこにもおりませんでした。
ケイミス様は王様の家令であり、　　　　　　　　　　　　　　　　725
勇猛な騎士で、臆病なところなど少しもありませんでした。
王様は、お后様のお気に入りと呼ばれている
イポミドン様を広間で見かけた時に、
こうおっしゃいました、
「ついに、かの馬上模擬戦が行われる時が来たぞ。　　　　　　　　　730
さあ、準備を整え、そなたも一緒に行こうではないか。
そなたがかの姫を勝ち取らんと思うておるのは分かっておる。」
イポミドン様は、慎み深い様子で、お答えになりました、
「私が模擬戦に行ってしまったら、誰が敬愛するお后様にお仕えするのでしょう。
私には馬上模擬戦のことは全く分かりませんし、　　　　　　　　　735
ただお后様にお仕えすること以外には他に考えられません。
何か他のことをするために、お后様を残して旅に出てしまったら、
お后様からの「報酬」をいただくことも出来なくなってしまいます。」
王様は、イポミドン様のもとを去り、
騎士達のところに来ると言いました、　　　　　　　　　　　　　　740
「あれだけ立派な身体つきをしていながら、
残念なことに、あやつは臆病者のようじゃ。」
王様の周りにいた、カンパーヌス様やその他全ての者達は、
イポミドン様のことを心より残念に思いました。

彼らはお后様に別れの挨拶をし、 745
共に出立しました。
翌日にはカラブレランドに
到着すべく、道を進みました。
さてここで、馬上模擬戦での彼らについては、
いったん置いておくとして、ここではまた別のお話、 750
お后様とともにおいでの、
イポミドン様と、お美しいご婦人についてのお話をいたしましょう。
　食事の時間になると、
イポミドン様はお后様を広間の席へとお連れいたしておりました。
広間へお后様をお連れした際には、 755
キスもお忘れになりませんでした。
お后様が食事を終えられ、お部屋に戻られた時、
イポミドン様はお后様におっしゃいました、
「お后様、明日、もしお許しいただければ、
日の出と共に 760
森へ鹿狩りに行かせていただきたくお願い申し上げます。
私のグレーハウンドはもう三ヶ月も走っておりません。
王様が馬上模擬戦に行っておいでの間に、
私のグレーハウンドが走っているところを、ぜひ見たいのです。
それから、もう一つお願いがございます。 765
もし、いつもの時間までに私が戻らなければ、
食事の席にお向かいください。
私が戻るまでどのぐらいかかるか定かではありませんので。」
お后様はおっしゃいました、「神様のご加護がありますように。」
イポミドン様はお后様にキスし、その場を後にしました。 770
それから、イポミドン様は、師である
あの気高きソロミュー様をお呼びになりました。

「夜中に宿屋へ行き、
私の白馬の準備をし、
明日の朝、日が昇る前に、 775
武具一式と共にここにご持参いただきたくお願いいたします。
速やかに城門の外にお越しいただき、
誰にも見られぬよう心してください。」
イポミドン様は門番のところに行き、
よろしければ、 780
日の出の前に城門を開けていただけまいか、とお願いしました。
門番はこれを了承し、城門の鍵を貸してくれました。
　イポミドン様は一番鳥と共に起き、
三頭のグレーハウンドを連れて出発しました。
三頭のグレーハウンドを革紐で一組につなぎ、 785
大きな角笛を吹き鳴らしました。
とても大きな音で、しかもビブラートをめいっぱいきかせたので、
その音は城中に轟き渡りました。
女中達はお后様に言いました、
「お気に入りのあの方が、例の姫君を勝ち取りに行くのですね。」 790
すぐにお后様はお答えになりました、
「全てのお方が戦いに長けているわけではありませんよ。
あのお方は、戦いは出来ませんが、
きっと何か他にお得意なことがおありなのでしょう。」
　イポミドン様はソロミュー様の待つところに 795
猟犬を連れて行きました。
イポミドン様は、敬愛する師、ソロミュー様に、
これらの猟犬を存分に働かせ、
約束の場所に、
獲物と一緒にお連れくださいとお願いしました。 800

イポミドン様は、「敬愛するあなた様に、神様のご加護がありますように。
私は、私のすべきことをいたします」とおっしゃいました。
　イポミドン様は、小姓と共に出発し、
修道院があるところまで来ました。
そこから見渡すと、805
野原に多くの騎士がいるのが見えました。
大きな槍を持った騎士が、
相手の騎士に向かって全速力で馬を駆っておりました。
イポミドン様は、すぐさま槍をお持ちになり、
軽々と馬に跳び乗りました。810
そして、急斜面の丘を下り、
野原の騎士達のもとへとやって来ました。
最初に対戦した騎士に対しては、
丈夫な槍を
盾の中心に突き立てたため、815
この騎士は馬もろとも地面に倒れこみました。
次に対戦した騎士は、
背骨が折れました。
三番目の騎士も、すぐに打ち負かされ、
四番目の騎士も同じことの繰り返しでした。820
たとえイポミドン様と対戦した騎士が
彼を槍で捕えたとしても、
その槍は粉々に砕け散り、
騎士は地面に突き落とされてしまうのでした。
　姫君は城壁の上から、825
模擬戦の一部始終をご覧になっておりました。
姫君は、槍の必要な騎士皆に、
白や黒の槍をお与えになっておりました。

白い馬具のかの騎士のもとにも
ジェイソン様を送り、 830
まさかの時のために槍を届けさせました。
姫君には、この騎士が最も立派な立ち回りをしたと思われましたが、
他の人々も、口々に、
この日一番の活躍をしたのは彼だと言っておりました。
　皆が家路に着くと、 835
ジェイソン様はこの騎士のところへ行き、
お願いしました、「我らがお慕い申す主君として、
この国に、あなた様ご自身の人民のもとにおいでください。
私自身大変喜ばしく思いますが、
あなた様こそが王となるべきお方とお見受けいたしました。」 840
この騎士は言いました、「ジェイソン殿、
今日ここで私のためにしてくださった
立派なお勤めに対し、神様からのお報いがありますように。」
ジェイソン様は大変驚かれ、おっしゃいました、
「私のことをご存知とは、 845
全体、あなたはどなた様なのですか。」
「あなた様を知らないはずがありますまい。
かつて、あなた様は私の誠実なる友でした。
私は、かつて姫君にお仕えしていた、
あの異国の従者です。 850
姫君に、ぜひともよろしくお伝えくださいませ。
今日、私は姫君のためにここにやって参りましたが、
これ以上の長居は出来ません。
実のところ、私の故国より、
便りが届き、 855
国に戻らねばならぬのです。」

「あなた様はあのお方なのですね。
十字架で亡くなられたキリスト様にかけて、
姫君とお話ししにいらしてください。
そうでなければ、姫君がご傷心を抱くのは目に見えております。　　　　　　860
あなた様が去ってしまわれたとお知りになったら、
姫君は明日の朝まで生きてはおられないでしょう。」
「ジェイソン殿、どうかご理解ください、
私は、この地に留まるつもりはないのです。」
そう言うと、別れの挨拶をし、その場を立ち去りました。　　　　　　865
　ジェイソン様は姫君のもとに行き、
事の次第を逐一報告いたしました。
「あの異国の従者からあなた様へ、丁重なるご挨拶の言葉を授かって参りました。
今日の試合で大変立派に身なりを整えられておられた、
あの白い騎士こそ、あのお方だったのです。」　　　　　　870
悲しみに打ちひしがれて、
姫君は寝室に入られ、
そして女中達皆の前で、気絶して
ベッドに倒れこんでしまいました。
正気を取り戻すと、　　　　　　875
手を強く握り締め、言いました、
「ああ、私はなんと愚かで、
思慮に欠け、何の取り得も持ち合わせていなかったのでしょう。
あんな男をこの上なく勇敢なお方と思うとは、
頭がどうにかしていたのかもしれませんね。」　　　　　　880
しかし、姫君は、あの騎士がそう簡単に
彼女のもとを去ってしまうことはないと、心の中では思っておりました。
ひどい悲しみの中で、これが姫君のせめてもの慰めであり、
それがなければ、死んでしまっていたことでしょう。

イポミドン様は、師であるソロミュー様との約束の場所へと向かい、885
そこですぐに彼と猟犬を見つけました。
ソロミュー様は多くの獲物を捕まえておりました。
イポミドン様は、馬と馬具をソロミュー様に渡した後、
それぞれ家路につきました。
イポミドン様は獲物を、890
夕食の席に着いていた
お后様の御前へと持って行き、
そして言いました、「お后様、我が主君たる王様も、
模擬戦でこれほどまでの成果をお挙げにはなってはおりますまい。」
この言葉を聞いて、広間にいた者たちはみな一斉に、895
声を上げて笑い出しました。
イポミドン様は、食事の席に着き、
空腹を満たすべく、よく食べました、
というのも、この日はずっと何も食べていなかったのです。
それほど模擬戦に熱中していらしたのです。900
皆が夕食の席に着いている時に、
王様の使者がやって参りました。
使者は跪くと、
お后様に丁寧に挨拶しました。
王様は、お后様に、905
模擬戦での様子を伝えようと使者を送ったのでした。
すぐにお后様はお尋ねになりました、
「戦場で大変勇猛なカンパーヌス殿と、
槍や盾で
戦った者はおりましたか。」910
「はい、お后様。実のところ、
そのようなお方三人に匹敵するようなお方が一人おられました。

このお方は白い鎧に身を包んでおりましたが、
あらゆることに秀でていらっしゃる
我が主君、王様を除いては、   915
会場全体を見渡しても、これほどまでにお力強いお方は、おりませんでした。」
お后様はお尋ねになりました、「それはどなたなのですか。」
使者は答えました、「実のところ、
誰も彼が誰なのか知りませんでした。」
その時、イポミドン様が口を開きました、   920
「使者殿、
我が主君、王様にお伝えくだされ、
今日、私の立派な白いグレーハウンドが
王様の猟犬では捕えられぬほど多くの
鹿を地面に押し倒したということを。」   925
イポミドン様は、お后様のところへ行き、
自分が嘘を言っているのではないということを示すために、
獲物のうちのいくらかを、王様のところにお送りしなくては、とおっしゃいました。
それから、イポミドン様に付き添われ、
お后様はお部屋にお戻りになられました。   930
イポミドン様は、前日と同様に、
翌朝、狩りに出かけるお許しをいただけるよう、お后様にお願いしたところ、
お后様は丁寧に、許可をお与えになりました。
イポミドン様は師であるソロミュー様のところに行き、
すぐにお願いしました。   935
逗留先へ行き、
その日彼らが落ち合ったのと同じ場所に、
明日の早朝、
赤い馬をお連れください、
また、同じ色の武具もお忘れなきようにと。   940

イポミドン様は、たいそう早くに起きられて、
角笛を持ち、グレーハウンドを連れて出かけました。
角笛をたいそう大きな音で吹き、ビブラートを目いっぱいきかせたので、
女中達は皆目を覚ましました。
女中達は皆口々に言いました、　　　　　　　　　　　　　　　　945
「お気に入りのあの方が、例の姫君を勝ち取りにお出ましのようですね。」
お后様は、昨日と同じように、お答えになりました、
「模擬戦でよりも、別のところでより多くのものを手に入れることでしょう。」
王様の使者は、イポミドン様から王様への贈り物を持って
出立いたしました。　　　　　　　　　　　　　　　　　　　　950
この使者が、イポミドン様のおっしゃったことを、王様に逐一報告したところ、
勇猛果敢な騎士達は言いました、
「ああ、あのような騎士が、
騎士の道を究めようとしないとは。」
　　イポミドン様は、師であるソロミュー様のもとに行き、　　　　955
鎧と馬とを受け取り、
代わりに、連れてきた赤いグレーハウンドを渡しました。
この日、イポミドン様はソロミュー様に、全力で狩りをし、
この場所に獲物を
グレーハウンドと共に革紐でつないでおくようお願いしました。　　960
それからすぐに、イポミドン様は出立し、
例の修道院のある場所まで無事にやって来て、
そこから試合の会場を見渡すと、
そこには武装した多くの人々がおりました。
自らも武具を身につけると、馬に乗り大会の会場を目指しました。　　965
馬上模擬戦で、騎士達は、あらゆるところで激しく戦いました。
　　かの美しい姫君は、常に
あの白い騎士が見えないかと、目を凝らしておりました。

しかし、白い騎士を見つけることは出来ず、
胸が張り裂けんばかりの気持ちでした。 970
　この日、ジェイソン様は晴れて騎士となり、
立派に身支度を整えて、試合の会場におりました。
イポミドン様は、ご自分の友、
ジェイソン様が、騎士として戦っていらっしゃるのに気がつきました。
イポミドン様は、すぐにジェイソン様の方へと馬を走らせました。 975
ジェイソン様が敵と対峙する際には、すぐ隣に馬を並べておりました。
この日、イポミドン様はジェイソン様に、
立派に手柄を立て栄誉を勝ち取る術を教えました。
しかし実のところ、この日もイポミドン様が、
多くの騎士達を打ち負かし、 980
非常に多くの槍を粉砕したので、
人々は皆彼の働きに驚嘆しておりました。
人々は皆、国中どこを探しても、
戦において、これほど勇猛なお方はおられないと言い、
昨日の白い騎士よりも、この赤い騎士の方が優れていると、 985
すぐに言うようになりました。
この日、赤い騎士はこのような調子で戦い、
彼と戦った騎士達を大いに疲弊させました。
　騎士達が皆宿舎に戻った時、
ジェイソン様は赤い騎士と共におり、 990
次のように言いました、「騎士殿。あなた様が今日私にしてくださった、
大いなるご助力に対し、神様がお報いになりますように。
今日、私は、これ以上望みようのないほどの
ご厚情をあなた様から賜りました。
あなた様こそが、この国の君主となるべきお方とお見受けいたします。 995
あなた様に比肩するお方は、

昨日の白い騎士をおいて他にはいないように思われますが、
その白い騎士は、この国を去っておしまいになられました。」
「いや、我が誠実なる友、ジェイソン殿、
ご覧の通り、私はここにおります。 1000
我が愛しの姫君に、よろしくお伝えください。
私は今日、姫君のためにここに来ましたが、
そのために、これから私は
大変な旅をしなくてはなりません。
どうしても私を必要としている国へとたどり着くまでに、 1005
多くの馬を乗り潰すことになるでしょう。
そして、私がある時までにそこにたどり着かなければ、
私は全ての土地を永遠に失ってしまいます。」
ジェイソン様はおっしゃいました、「どうか、
我が姫君のことをお考えください。 1010
あなた様がこのようにして姫君から去ってしまわれれば、
悲しみのあまり、姫君は死んでおしまいになります。」
イポミドン様はおっしゃいました、「天の王にかけて、
もうこれ以上、滞在を伸ばすことはいたしません。
姫君によろしくお伝えいただくとともに、お別れの言葉もお伝えください。 1015
またこちらに戻れるようになりましたら、戻ってまいります。」
　ジェイソン様は、急いでその場を離れ、
姫君にこのことについてお話ししました。
「赤い騎士と白い騎士とは同じ人物でございました。
しかし、このお方はもう去ってしまわれました。」 1020
半分は嬉しい知らせであったがために、悲しみもひとしおで、
姫君は嘆き悲しみに暮れました。
しかし、以前と同じような期待をも、まだ胸に抱いておりました。
そうでなければ、死んでおしまいになっていたことでしょう。

イポミドン様は、師であるソロミュー様のところに行き、 1025
武具と馬とを預け、
代わりに、獲物とグレーハウンドとを受け取り、
街へと向かいました。
馬を連れ、狩猟用の服を着て、
すぐに大広間へと入って行き、 1030
お后様の御前に、獲物を並べ、言いました。
「これが今日の成果です。」
人々は彼を見て笑い、楽しげな顔をしました。
お后様は夕食の席に着き、
お后様のお気に入りであるイポミドン様はその隣に座りました。 1035
それからすぐに、王様の使者がやって来て、
王様からお后様への丁重な挨拶の言葉を伝えました。
馬上模擬戦についても、お后様に逐一報告しました。
お后様が最初に口にしたのは、次のような言葉でした。
「例の白い騎士は今日もやって来ていましたか。」 1040
使者は答えました、「いいえ。全能の神にかけて。
しかし、今日は高貴な赤い騎士がおり、
彼を見た全ての人々が、
彼は白い騎士よりも優れていると言っておりました。」
イポミドン様が使者に言いました、 1045
「敬愛する王様に、私からの挨拶の言葉をお伝えください。
そして、私の赤いグレーハウンド、ガジェルが、
今日、多くの鹿を地面に押し倒したとお伝えください。
私には、自分の猟犬が走っているのを見る方が、
じっと馬上模擬戦を見ているよりも楽しいのでございます。 1050
お后様、神様はこのようにして私を慰めてくだすっているのです。
あなた様に献上した獲物については、王様にお送りすることをお勧めいたします。」

お后様は、お答えになりました、「あなたが最良と思うようにいたしなさい。
それでは、もう休みます。おやすみなさい。」
そう言って、お后様は寝室へと下がられました。 1055
イポミドン様は、お后様の御前に行き、
今一度、今度狩りに出たら、もう当分行きませんと言って、
お后様に狩りに出かける許可をいただけるようにお願いしました。
お后様は、この願いを聞き入れました。
　イポミドン様は、すぐに、師であるソロミュー様のところへ行きました。 1060
ソロミュー様は、抜かりなく、
黒い馬と馬具とを準備されておりました。
ソロミュー様は、彼らが森の中で落ち合う場所までの
道を大変よく知っておりました。
　使者は王様のもとにやって来て、 1065
イポミドン様からの素晴らしい贈り物を献上しました。
イポミドン様からの言葉を伝えるのも忘れませんでした。
王様は、イポミドン様の行ったことに対して大変驚き、
彼ほどの立派な男が、
武勲にかけては取るに足らず、 1070
全くの臆病であるのは、
いかにも残念だと、心の中で思いました。
彼らが心の中でどのようなことを考えていたにせよ、
彼らの多くは、イポミドン様のことを残念に思っておりました。
しかし、ここでは、彼らに神様の祝福があることをお祈りし、 1075
やがてすぐに、彼らの話をする時まで、彼らのことはいったん置いておきましょう。
　イポミドン様は、これまでと同様に、
早朝に目覚め、
角笛を吹きながら出発しましたので、
女中達は皆、彼をからかうような口調で言いました、 1080

「あなた様のお気に入りの騎士が、
全ての獣を取り尽そうと、狩りに出かけられるようですね。」
彼に対する思いを、幾分か見せながら、
お后様は、彼女達をひどく責めました。
イポミドン様は、師であるソロミュー様のところに行き、 1085
もし可能であれば、二日目よりも
さらに多くの鹿を
捕ってきてください、とお願いしました。
イポミドン様はすぐに馬の準備を整え、
黒い馬に黒い武具で、 1090
まっしぐらに大会の会場へと向かいました。
例の修道院のところまでやって来て、
そこですぐに馬に跨り、
会場の騎士達がいるところまでやって来ました。
イポミドン様は、すぐに、赤い武具を身に着けた 1095
騎士に気がつきました。(人々が口々に言っておりました。)
「あの赤い騎士は、昨日ここで、
あのお美しい姫君のために戦っていたお方だ。
あの方ほど、立派に戦った騎士は他にいなかった。
あの方こそ、カラブレランドのお世継ぎを勝ち取られるお方だ。」 1100
　姫君は、高い塔の上においででしたが、
この赤い騎士をすぐに見つけました。
姫君は、この方こそ、自らの夫として迎えたいと思っている、
あの異国の従者だと期待しておりました。
姫君は、馬上模擬戦が終わった後に、 1105
このお方のもとに行き、
優美な作法で彼をお連れしに行きたいとお考えでした。
姫君にとって、これほど敬愛すべきお方は他におりませんでした。

姫君がこのようなことを考えていた
ちょうどその時、赤い騎士が馬に乗って前に進み出ました。　　　　　　　　1110
黒い鎧を身に付けたイポミドン様は、赤い騎士に挑もうと、
槍を手に取りました。
すぐに、両者は相まみえ、
互いの槍が相手の盾の中心をとらえましたが、
黒い騎士の槍は堅く強靭で、　　　　　　　　　　　　　　　　　　　　　　1115
これで強く突いたので、
赤い騎士とその馬は、一瞬のうちに
地面に倒れこみました。
イポミドン様は、赤い馬を
仲間のところへと引いて行きました。　　　　　　　　　　　　　　　　　　1120
　　今度は、気位が高く、堂々とした騎士、
ケイミス様が前に進み出ました。
彼は黒い騎士との対戦を望みましたが、
力量の違いは明らかで、
丈夫な槍の一撃で、　　　　　　　　　　　　　　　　　　　　　　　　　　1125
馬もろとも地面に叩きつけられました。
すぐに、イポミドン様は、ケイミス様の馬を引いて戻り、
赤い騎士の馬の隣につないでおきました。
　　イポミドン様の様子をじっと眺めていたカンパーヌス様は、
彼と対戦したいと思いました。　　　　　　　　　　　　　　　　　　　　　1130
彼の望みは、姫君を勝ち取ることでしたが、
その願いは無残にも打ち砕かれることとなりました。
両者は相手に向かい全力で馬を駆り、
互いの槍は砕け散りました。
両者とも強靭で力強く、　　　　　　　　　　　　　　　　　　　　　　　　1135
合い間を長くおかず、すぐにまたお互い相まみえようと、

槍を手に取りました。
カンパーヌス様は、黒い騎士を馬から落とそうと考えておりました。
彼らは、競技場の真ん中で、相まみえましたが、
イポミドン様がカンパーヌス様に強烈な一撃を加えたため、 1140
カンパーヌス様は、馬もろとも、
競技場の真ん中に倒れこみました。
黒い騎士はカンパーヌス様の立派な馬を手に入れました。
　自分の騎士達が倒されるのを見て、
王様はたいそうご立腹になられ、 1145
槍を持ち、黒い騎士を追いかけました。
そして、黒い騎士に傷を負わせようと、
槍で腕を突き刺しました。
イポミドン様は、この不意打ちを非難して、
王様に言いました、 1150
「あなた様は、気高く高貴で由緒正しき家柄のお方であらせられますので、
私との一騎打ちをしていただければ、
この蛮行についてはお許しいたしましょう。」
王様は答えました、「それでは、受けて立って進ぜよう。」
本当は、この場から一目散に逃げ出したいお気持ちでしたが、 1155
名誉のため、いやとは言えなかったのです。
王様と黒い騎士は、一騎打ちで相まみえましたが、
黒い騎士が強烈な一撃を加えたため、
王様は馬もろとも地面に倒れこみ、
その衝撃は、首が折れたかと思われるほどでした。 1160
黒い騎士が、王様の馬を引いて自陣へ戻ったところ、
人々は皆、口々に言いました、
「彼こそが、この国の王となるべきお方だ。
戦においてこれほど勇猛なお方は、

未だかつて誰も見たことがない。」 1165
その場にいた全ての人々が、異口同音に彼を褒め称え、
戦場で最も勇猛な騎士として、
表彰しました。
先触れの者達は、彼を黒い武具の騎士と呼び、
この世界で、彼に匹敵する者はいないと言い、 1170
そして躊躇することなく、
彼は王となるにふさわしいと言いました。
　皆が家路についてから、
ジェイソン様は、彼の友である黒い騎士のところに行きました。
「騎士殿、恐れながら、何卒この国、 1175
あなた様ご自身の国に、お留まりください。
あなた様は、最も勇猛なお方にして、
この国の王となるべきお方でございます。
僭越ながら申し上げますが、あなた様のようなお方は他におりません。
それは、今日ここにいた全ての人々が言っていた通りです。」 1180
彼は答えて言いました、「ジェイソン殿、私を称えておっしゃったような、
大いなる栄誉を、神様があなた様にお与えになりますように。」
ジェイソン様は言いました、「私のことをご存知とは、
あなたがどなた様か、教えていただけませぬか。」
「かつて、私はあなた様の親友でありました。 1185
その当時私は、異国の従者と呼ばれておりました。
私はこの三日間ここにおりましたが、
もうこれ以上長居するつもりはございません。」
ジェイソン様は言いました、「神様への愛にかけて、
姫君を心労から解放し、 1190
お慰めいただきたくお願い申し上げます。
そして、王になることもお考えください。」

イポミドン様は答えました、「ジェイソン殿、私を大いに困惑させるような
お言葉は、どうかお控えください。
私はここに長居し過ぎました。　　　　　　　　　　　　　　　　1195
そのため、今後、大きな困難が生じるかもしれません。
姫君にくれぐれもよろしくお伝えください。
私はこれから昼夜を問わず、帰国の旅をせねばなりません。」
イポミドン様は、別れの挨拶をすると、その場を去りました。
　ジェイソン様は、悲しみに打ちひしがれて、城に戻りました。　　　1200
そして、大広間に着くと、
姫君に、事の次第をお知らせしました。
黒い騎士は、姫君とともに長いこと暮らした
あの異国の従者であったということや、
彼が、そのお力で姫君を勝ち取ったということをお話ししました。　　1205
「しかし、かのお方はこの国から去っておしまいになられました。」
姫君は嘆き悲しみ、大変苦悩され、
胸が張り裂けるかと思われるほどでしたが、
それでもなお、彼女を愛するがために、大変な長旅をして
ここまで来られた　　　　　　　　　　　　　　　　　　　　　　1210
あのお方が、そう簡単にこの土地を離れるはずがない、
というお考えを胸に抱いておりました。
　イポミドン様は、試合で勝ち取った馬を全て引き連れて、
帰途についておりました。
彼の師であるソロミュー様が、葉のついた大枝の下で、　　　　　　1215
多くの獲物とともにお待ちの場所に着くと、
ソロミュー様に馬を全て引き渡し、
宿へお戻りくださいと言いました。
一方、イポミドン様は、猟犬と角笛とを受け取り、
獲物を目の前に並べました。　　　　　　　　　　　　　　　　　1220

イポミドン様は、お后様の御前に、獲物を並べると、
満足げな調子でおっしゃいました、
「馬上模擬戦で、この半分でも
手に入れた者がおりますでしょうか。」
お后様は、いつもと同じように、 1225
すぐに夕食の席に着き、
お后様のお気に入りの騎士がその前に座りました。
食事を取り分け始めてすぐに、
王様の使者がやって来て、
次のように、お后様にご挨拶されました。 1230
「我が主君である王様から、お后様に丁重なるご挨拶を賜っております。
王様は、あなた様に、ぜひとも、
明日の朝早く、姫君を求めて最も働きのあった騎士が勝ち名乗りを上げる場に
いらしていただきたいとおっしゃっております。」
お后様は、お尋ねになりました、 1235
「今日、例の赤い騎士は、姫君を勝ち取られたのですか。」
「お后様、神様のお助けを得て申し上げますが、
例の赤い騎士は馬を失い、
我が主君たる王様もまた、馬を失いました。
カンパーヌス様も、ケイミス様も、他の多くの方々もです。 1240
そして、黒い騎士がそれら全ての馬を勝ち取り、
大変な栄誉を得ました。」
それを聞いて、イポミドン様がおっしゃいました、
「だから、神様が私にお許しくだすったように、
森に狩りに出かける方が、 1245
そんなに簡単に、馬を失ってしまうよりもよっぽど良いのです。
使者殿、
王様のもとに着いたら、

ぜひとも私の代わりに、
王様に丁重にご挨拶し、   1250
私の黒いグレーハウンド、ジルミンが
今日、大変良い働きをし、
森で、これまでにないほど多くの
獲物を捕えたとお伝えくだされ。
お后様、そういうわけでございますので、もしよろしければ、   1255
ありあまるほどの獲物を、
少し王様にお送りになってはいかがでしょうか。
贈物に対し、後日ご褒美もいただけるでしょうし。」
　イポミドン様は、試合で負った
傷の痛みに耐えておりました。   1260
彼の腕は、血止めの処置がきちんと施されていないため、
彼の前のテーブルには、血がとめどなく滴り落ちていました。
これを見て、お后様がおっしゃいました、「我が愛しのお方、
そのような怪我を、どうして負われたのですか。」
「お后様、実を申しますと、   1265
今日、馬で鹿を追おうとしたところ、
拍車を強く入れすぎ、
馬が暴れて、私を地面に落としたのです。
その時に、この傷を負いました。
木の短い枝が腕に突き刺さったのです。   1270
いうなれば、これが
今日の私の名誉の傷というわけです。」
これを聞き、一同は大いに笑い、
しっかり座っていられない者までいたほどでした。
　お后様はおっしゃいました、「我が近くに仕えるお方、   1275
明日は共に

誰が例の姫君を勝ち取ったのかを見に行きましょう。」
イポミドン様は答えて言いました、「いいえ、
私は模擬戦に行きませんでしたので、
その結果を聞きにも行きませぬ。 1280
お后様、一つだけお願いがございます。
今日を限りに、私の女中をお返しください。
というのも、我が国に帰らねばならないような
知らせが届いたからです。
しかし、明けても暮れても、 1285
命ある限り、私はあなた様に仕える騎士であることに変わりはありません。」
お后様はおっしゃいました、「ここにお留まりください。」
お后様は、イポミドン様を国に返したくはありませんでした。
イポミドン様は、お后様と、
お后様のお側に控える女中達に別れの挨拶をしました。 1290
　　イポミドン様の女中は大変にお美しい方でした。
彼女は、すぐにイポミドン様のお住まいに向かいましたが、
ここにはこれまでイポミドン様の馬が飼われており、
彼女がここを訪ねるのは初めてでした。
イポミドン様は、広間に腰を下ろすと、 1295
家主を呼びにやりました。
家主を馬小屋に連れてゆくと、
そこには立派な馬がおりました。
イポミドン様は、家主に言いました、「我が愛しの友よ、
この通りお願いいたす。 1300
私の話をよく聞き、
これから私が言うとおりにしていただけますまいか。
若き姫君をかけた、
例の馬上模擬戦のことはお聞き及びのことでしょう。

そして、初日に大変よく戦った、　　　　　　　　　　　　　　　　1305
白い騎士のこともお聞き及びのことでしょう。
あなたの前に立っている私こそが、その騎士なのです。
そして、この白い馬に乗っていたのです。
二日目に登場した
赤い騎士のこともお聞き及びのことでしょう。　　　　　　　　　　1310
この騎士も、実を言いますと、私なのです。
その時の赤い馬もここにおります。
三日目に、黒い騎士が現れて、何が起ったかということも、
既にお聞き及びのことでしょう。
あの日、私はこの黒い馬に乗り、　　　　　　　　　　　　　　　　1315
これら、残りの馬を全て手に入れたのです。
このような事の次第ですが、どうか、私の願いを聞き入れ、
これから言うとおりにしていただけますまいか。
明日は朝に起き、
最も活躍した騎士が姫君を求めて名乗りを上げる場で、　　　　　　1320
この白馬と、
私の着ていた白い武具を身につけた者を連れ、
我が主君である王様のもとへと行き、
お恵み深い王様に、丁重にご挨拶し、
お后様のお気に入りにして、王様ご自身の騎士に代わって、　　　　1325
この馬と、まばゆいばかりの武具を、お届けいたしました、とお伝えください。
王様は、初日に試合会場においででしたので、
白い騎士がどのような働きをしたかもご存知のはずです。
そして、金も銀も、あらゆるものをお持ちでしょうが、
この馬と武具を王様に献上いたしますと、王様にお伝えください。　1330
次に、赤い馬と、美しい赤い武具を持って、
敬愛するお后様にご挨拶に行ってください。

そして、お后様のお気に入りの騎士に代わって、
この馬と、まばゆいばかりの武具とをお届けにあがりました、と言ってください。
さらに、黒い馬と武具とを持って、 1335
カンパーヌス殿を訪ねてください。
それから、王様の馬は、
カラブレランドのお世継ぎのもとへ、お届けください。」
それから、イポミドン様は、どのような作法で、
このお美しい姫君に贈物をすればよいかを、事細かに話しました。 1340
「すぐに、カンパーヌス殿の馬を
ジェイソン殿のもとへお届けください。
もう一頭の方の赤い馬は、
報酬としてあなたに進呈いたしますので、
これに乗り、他の馬を従えて 1345
皆の所まで行ってください。」
その場を立ち去る前に、イポミドン様は、
どのように話をすれば良いかを教えました。
そして、馬小屋の賃料として
20ポンドを払いました。 1350
この商人は、イポミドン様の手を取り、
神に感謝して言いました、
「誰がカラブレランドの王となるべきかということが私にはよく分かりました。
あなた様のお役に立てて光栄でございます。
ご指示の通り、あなた様からの贈り物を 1355
喜んでお届けさせていただきます。」
　それから、この商人は各馬に
一人ずつ騎手を乗せました。
三頭の馬には、
鎧兜で身を固めた、騎士が跨りました。 1360

イポミドン伝 71

すぐに、彼らは、最も活躍した騎士が姫君を求めて名乗りを上げる場に向けて
出発しました。
彼らはすぐに街に着きましたが、
そこには高貴なお方が数多くおいででした。
貴人達は集まって座っておりましたが、 1365
すぐに、彼らにお気づきになり、
彼らの馬や、
騎上の人々のさまざまないでたちに目を見張りました。
王様は、この商人のことをご存知でしたので、
すぐに、彼を呼びにやりました。 1370
「これら屈強の馬は、誰のものであるか。
この中には我が馬が含まれておる。」
「王様、どうか、落ち着いてお座りください。
ことの顛末をお話しいたしましょう。
王様、お后様のお気に入りの騎士から、 1375
王様に、ご多幸がありますようにと、挨拶の言葉を預かって参りました。
そして、王様に、この白馬と、
同色の馬具をお贈りするべく預かってまいりました。
これは、かのお方が試合の初日にお乗りになった馬でございます。
もちろん、王様は、金も銀も不足なくお持ちでありますが、 1380
かのお方は、王様に、この馬を受け取っていただきたいと願っており、
この馬を王様に献上なさりたいとお考えです。
かのお方は、あなた様を、これまでに出会った中で最高の君主であると感じ、
あなた様のご健康を神様にお祈りいたしております。」
　それからこの商人は、お后様のところへ行き、言いました、 1385
「あなた様のお気に入りの騎士から、丁重なご挨拶のお言葉を預かって参りました。
彼は、大変足の速いこの赤い馬を、
贈り物として、あなた様に受け取っていただきたいと望んでおります。

金も銀も十分にお持ちでしょうが、
かのお方は、あなた様の徳や誠実さ、 1390
そして、彼の知る限り最高の礼儀作法のために、
聖マルティネスにかけて、この馬を、お后様に献上いたしたく思っております。」
　商人は、今度はカンパーヌス様のところに行き、言いました、
「お后様のお気に入りの騎士から、試合の最終日に彼が乗った
この黒い馬と、武具一式とを、 1395
あなた様にお送りするために預かってまいりました。
あのお方は、勇猛なる騎士として、神様にかけて、
あなた様にこれらを受け取っていただきたいと思っております。」
　さらに、商人は、姫君のところへ行き、
次のように言いました。 1400
「かの異国の従者から、
この馬を、あなた様への贈り物として預かって参りました。
きちんと説明するよう言われておりますので、申し上げますが
かのお方は、この馬を盗んだのではなく、白日の下、これを勝ち取ったのです。
もし、かのお方の言うことを、にわかには信じられぬとおっしゃるのなら、 1405
あなた様のおじ様である王様に、ことの真偽をお尋ねいただき、
その上で、あなた様のかねてからのお考え、
剛勇なお方以外とは結婚しないというそのお考えにお従いください。」
王様は言いました、「余は、あの騎士の戦いぶりの一部始終を、
自ら身をもって知っておる。 1410
彼の勇猛さのおかげで、余は大変痛い目に遭わされたのだ。
あれほどの一撃を受けたことは未だかつてなかった。
したがって、神様のお力にかけて言うが、
彼は勇猛な騎士であり、
間違いなく、戦において非常に力強いお人である。 1415
あれほど立派な騎士は、この国には他にはおらぬ。」

カンパーヌス様もお言葉を述べられました、
「彼は勇猛なお方だ。
恐ろしくて馬上模擬戦は出来ないと言っていたのも、
我々の目を欺くためだったのだ。」 1420
　　商人は、ジェイソン様に向かって言いました、
「この馬はカンパーヌス様がお持ちのものでしたが、
かのお方は、敬愛する姫君をお守りくださるようにと、
これを、友であるあなた様にお贈りになりました。」
商人は、次に、ケイミス様のところに行き、言いました、1425
「かのお方から、あなた様にも、挨拶の言葉を預かっております。
かのお方は、あなた様にも馬をお贈りいたしたいとお考えでしたが、
お贈りすべき馬がおらず、お贈りできないとのことでした。
この赤い馬は、使者として働く代わりに、
かのお方が私にくだすったものです。 1430
この他、馬小屋の賃料として、
20ポンドをいただきました。」
その場にいた全ての人々が、
彼は高貴な血筋の生まれであると言いました。
　　カラブレランドのお美しき姫君はおっしゃいました、 1435
「誰か、私のために、この高貴な騎士を見つけ出してください。
試合で私を勝ち取ったこのお方を除いては、
私は、決して夫を持ちません。」
すぐに、ケイミス様がおっしゃいました、
「かの悪党は、密かにこの国を後にしたばかりか[3]、 1440
お后様のお住まいに侵入し、

---

3) この行に関しては、Ikegami (1983) のテクストには従わず、Ikegami (1985) に印刷された、Wynkyn de Worde のテクストに従った。

お后様の女中を連れ去っていたとは。
かの悪党と連れ去られた女中を共に連れ戻さずには、
我が心の安らぐことは決してありませぬ[4]。」
王様は礼儀を重んじる高貴なお方で、 1445
かの騎士からの贈り物を大変丁重に受け取りました。
王様は、この高貴な騎士に心からお礼を述べ、
これほど勇気あるお方はこの国には他にいないとおっしゃいました。
王様は、使いをした商人に対しても、
100ポンドもの財産をお与えになりました。 1450
　イポミドン様は、
手下の者達と共に旅路についておりました。
しかし、かの国にも使者を留まらせ、
もし何か情報があれば、
それをそのまま伝えるようにと手はずを整えてありました。 1455
どのような情報であれ、使者はイポミドン様にお伝えすることになっておりました。
イポミドン様は、森の近くに来たとき、
ここでしばらく休息を取ることにしました。
彼は体中大変疲れておりました。
すぐに、彼は一行の者達に言いました、 1460
「旅の疲れを癒すため、どうしても、
少し寝ておかねばならぬ。」
イポミドン様は、頭を女中のひざの上に横たえ、
眠りに落ちました。彼は何の危険をも感じておりませんでした。

4）ケイミスのこの言葉はこの文脈の中では唐突であり、理解し難いが、これは原話の内容が不完全に再現されたことに起因するものである。原話では、これは「姫君」ではなく「お后様」の別の趣旨の言葉に答えた言葉であるが、ここでは「お后様」の言葉とその前後の文脈が省略されている。詳しくは、*Ipomedon* 6891-976、および原話をかなりの程度忠実に訳している *Ipomadon A* 5319-69を参照。

ほんの少しの間、　　　　　　　　　　　　　　　　　　　　1465
時間にして20分も経たないぐらいの間寝た頃、
女中は、武装した騎士が、馬を駆って
こちらにやって来るのに気がつきました。
いやな予感がして、
女中は、イポミドン様に、お目を覚ましお起きくださいと言いました。　　1470
やって来たのは、大変剛勇なケイミス様でした。
彼は、イポミドン様に対して、横柄な言葉で言いました、
「裏切り者よ、お后様のお住まいに押し入り、
女中と我が馬を連れ去るとは、
恥知らずなことをしたものだ5)。　　　　　　　　　　　　　　　　1475
我が国へ貴様を連れ戻しにやって来たのだ。
起きよ、裏切り者。
共に城へ戻るぞ。」
イポミドン様は答えて言いました、
「貴公と同様、私も、城には戻るが、　　　　　　　　　　　　　1480
そなたの指図に従うつもりはない。
城に戻るのは我が意にかなった時のみである。
我らが贖い主である神様の愛にかけて、
私は今急いでおるのだ。邪魔をしないで下され。」
これに対し、ケイミス様は言いました、　　　　　　　　　　　　1485
「貴様が望もうが、望むまいが、城に戻るのだ。
さもなくば、貴様の旅もここまでだ。」
この時、イポミドン様は飛び起きて、

---

5) ここでは、イポミドンが女中と馬を無断で連れ去ったと非難されているが、前注の場合と同様、これも原話の内容に即した言葉で、『イポミドン伝』の文脈には合わない。原話とは異なり、彼は女中を返してもらうように「お后様」に直接頼んでいるし（1282行）、馬は試合でケイミスを打ち負かして手に入れたものである。

すぐに馬に跨りました。
両者は共に馬を駆りましたが、 1490
やがてイポミドン様がケイミス様を馬から落としたため、
ケイミス様の腕が折れました。
イポミドン様は、手下の者達に、ケイミス様の馬を取り上げ、
代わりに駄馬をあてがうように命じました。
彼らは、この馬の鞍に、ケイミス様を後ろ向きに乗せ、 1495
彼の顔が馬の尻尾の方を向くように、
紐でしっかりと結び付け、
馬の新しい乗り方を学べと、ケイミス様に言いました。
このような格好で馬に乗り、ケイミス様は街へと向かい、
そのため、彼の面目は丸つぶれになりました。 1500
ケイミス様の馬は、大変に打ちひしがれた主人を乗せて、
もと来た道をたいそうな速さで戻って行き、
やがて城にたどり着きました。
　王様は、ケイミス様のことを大変心配しており、
彼がどのような働きをしたのかを知るまでは、 1505
お寝にならないとおっしゃっておりました。
この馬は、ケイミス様を城門のところまで運んできましたが、
これを門番が見つけ、門の中に入れました。
ジェイソン様が、この馬を城内へ入れ、
ケイミス様を王様の御前へと導いてゆきました。 1510
王様は、イエス様の受けた苦しみにかけて、
例の騎士を連れ戻してきたかどうか、お尋ねになりました。
これに答え、ケイミス様は、すぐに王様に、
自分の遭った大変な目について話しました。
「この広間にいる騎士が、身分の上下にかかわらず全員 1515
あの騎士のところに行ったとしても、

それが王様ご自身でない限り、
あの騎士は目もくれませぬ。」
これを聞き、皆は一斉に笑い、
ケイミス様には不面目なことに、大いに楽しみました。 1520
この場には、この出来事について
満足しない者は誰もおりませんでした。
こうして、ケイミス様がそのお役目を終えたところで、
イポミドン様のお話も一段落です。
　さて、イポミドン様は、大変満足に旅を続け、 1525
さらに先を急いでおられましたところ、
背丈の高い人物が彼の方に馬を進めてくるのに気づきました。
この人物は、遠く旅するイポミドン様を探して、
知らせを伝えるためにやって来た使者でした。
この知らせとは、イポミドン様の父君である王様の死を伝えるものでした。 1530
イポミドン様は、この知らせを聞いて大変に悲しみましたが、
彼も神様に逆らうことは出来ません。
彼は、自らの国の中を馬で移動しましたが、
あらゆる人々が、彼を王として称えました。
王であった父が亡くなった 1535
場所に着いた時、
あらゆる街の司祭も、聖職者も、
司教も、伯爵も男爵も、
皆この場所に詣でるようにという、
お触れを国中に向けて出しました。 1540
ここで、イポミドン様は、信心深く、多くのミサを伴った、
お葬式を行いました。
大司教が、彼の敬愛するお父君を埋葬し、
多くの修道士によるお説教もありました。

路上に座る貧しい人々に対しては、　　　　　　　　　　　　　　1545
多額のお金が分け与えられました。
貴族や騎士達には、
盛大な食事の席が設けられました。
この席にあずかった人々は皆、
神様のために、ここで食事をしました。　　　　　　　　　　　　1550
そして、これが終わると、
一同は、めいめい
家路につきました。
　　イポミドン様は、生家に滞在することにしました。
彼は、母君と共に、　　　　　　　　　　　　　　　　　　　　　1555
大変楽しく幸せに暮らしておりましたが、
ある日、
母君が、密かにそっと
イポミドン様におっしゃいました、
「実は、あなたには血を分けた兄弟がおります。　　　　　　　　1560
私がまだ誰とも結婚する以前、
密かに授かった子ですが、
すぐに、私からは引き離されてしまいました。
この子がまだ生きているかどうか分かりませんが、
かつて私に、　　　　　　　　　　　　　　　　　　　　　　　　1565
大変美しく、高価な金の指輪を送ってくれたことがありました。
そして、もしも弟が出来た時には、
この指輪を弟に渡して欲しいと、頼まれました。
そうすれば、弟が高貴な生まれでもそうでなくても、
この指輪が兄弟の証となるからです。　　　　　　　　　　　　　1570
だから、この指輪を持ってお行きなさい。
あなたの兄上がどこの国にいようとも、

この指輪のことを知っているその人こそ、
間違いなく、あなたの兄上なのです。」
イポミドン様は、母君から指輪を受け取り、 1575
兄上にぜひともお会いしてみたいと思いました。
　このようなやり取りの後、イポミドン様は母君のもとを去りましたが、
それから少し経ってから、
貴族達が彼のもとにやって来ました。
彼らは皆、由緒正しき家系の者達でした。 1580
彼らは、イポミドン様を王として戴冠させたいとお考えでしたが、
一方、イポミドン様は、戴冠することをお望みにならず、
また別のことをお考えでした。
イポミドン様は、遠近の異国の土地で、
肉体的にも、精神的にも、 1585
さらに修練を積みたいと思っていたのでした。
　イポミドン様には、筋骨隆々、強靭なる肉体を持ち、
未だその勢い衰えぬおじがおりました。
恥を知らぬ者達を滅ぼしてきた、
彼の名は、ポイルのペルス卿といいました。 1590
私の存じ上げるところによると、貴族達の前で、
イポミドン様は、
彼ご自身が王位に就くまでの間、
おじに、この国の支配権を譲りました。
　さて、これらのことは全て脇へ置いて、 1595
ここでは、カラブレランドのお世継ぎのお話しをいたしましょう。
カラブレランドの近くに、ある公爵が住んでおられました。
この方は、大変勇猛で、気位の高いお方でした。
彼は、力強く、大変な権力をお持ちで、
近隣でも、遠くの土地でも、人々は彼を恐れておりました。 1600

彼の名はジェロン公爵といい、
セセニーランドの男爵でもありました。
この勇猛な公爵は、
カラブレランドのお世継ぎが、たいそうお美しいお方と聞きつけて、
すぐに、使者を、 1605
カラブレランドへとお送りになりました。
ジェロン様は、使者を通じて、もし姫君が望むなら、
平和裏に、彼女を妻として迎えたいとおっしゃいました。
「しかし、もしこれを望まれないのであれば、
姫君には大変に悲しいことが起ることでしょう。 1610
というのも、私があなたの国全てを破壊し、
身分の高い者も、低い者も、皆殺しにし、
城や塔を破壊し、力でもって無理やりにでも、
あなたの部屋まであなたをお連れに伺う所存だからです。
もっとも、あなたへの愛のために、この私に立ち向かおうという 1615
騎士を見つけることが出来るというのであれば、話は別ですが。」
　使者は、姫君のもとを訪れ、
この言葉を姫君にお伝えしました。
姫君は、すぐに、
答えて言いました、 1620
「神様にかけて、私を試合で勝ち取ったあのお方以外の方を、
我が夫として迎えることは、決してありません。」
使者はこの言葉を主人に伝えるべく、
帰途に着きました。
姫君の返答を伝えると、 1625
たちまち、公爵様は、大いに敵意を燃やし始め、
この大変に高貴な姫君をその手中に収めようと、
大軍を集めました。

イポミドン様の使者は、
このような事の成り行きに関する情報を聞きつけました。 1630
使者はすぐに主君のもとに行き、
一部始終を報告しました。
イポミドン様は、この知らせを聞いて、
悲しみました。
というのも、大変に高貴なお方とされるこの公爵と、 1635
戦うことができないからでした。
そこで、イポミドン様は、これからお話ししますように、
全く不本意ながら、悪知恵を働かせて、準備を整えたのでした。
すぐに、イポミドン様は、床屋を呼び、
髪の毛を前も後ろも、 1640
それらしくぎざぎざに切らせ、
あご髭も半分剃らせました。
こうして、あの賢明なるお方が、
顔つきも、服装も、道化のようになられたのです。
さらに、錆びついた鎧を身につけ、 1645
年老いた馬に跨りました。
鍋と同じぐらい黒い兜をかぶり、
折れ曲がった槍を持ちました。
このようにして準備が整うと、
イポミドン様は、もはや勇猛な騎士には見えなくなりました。 1650
　これからお話ししますように、イポミドン様は、セセニーの
メリアジェル王のもとを訪ねられました。
王様の大広間で、まるで気でも違ったかのように、
槍を折ると、
その破片がテーブルの上に飛び散りました。 1655
イポミドン様は、まるで気が違ったように振舞いました。

これを見て、王様も、お后様も、大いにお笑いになり、
よく出来た道化だとおっしゃいました。
「道化よ、食卓に着くがよい」、と王様はおっしゃいました。
道化は答えて言いました、「嫌だね。
願いを聞き届けてくれなくちゃ、
あんたと一緒に食事はしないよ。
まだ経験はないけど、武器を持って戦ってみたいんだ、
あんたが決めた誰とでもいいからさ。」
「道化よ、食卓に着くがよい」、王様は言いました、
「そなたの望みをかなえてやろう。」
道化は、すぐに食卓に着き、
馬を席のすぐ横につなぎました。
彼が席を立つまでに、
多くの者達が、彼の話を聞いて笑いました。
　さて、大広間に、カラブレランドから、
女性が、小人を伴って、
白いロバに乗って、
王様の御前にやって来ました。
「王様、我が姫君から、あなた様に丁重なご挨拶を預かって参りました。
姫君は、公爵様からの圧力に対して、
あなた様のお力をなにとぞ拝借したいと、
お願いいたしております。
公爵様は、我が国の全てを破壊し、
姫君のお城の壁まで迫って来ております。
あなた様にお助けいただけなければ、
姫君は国を去り亡命せざるを得ません。」
王様は、すぐに答えて言いました、
「我が騎士は皆出払っております。

カンパーヌスも、他の全ての勇猛な騎士達も。 1685
我が血縁の姫君を、お助けいたしたいのは山々ではありますが、
我が騎士達は皆、ある貴婦人を、危険から
お救い申し上げるために、働いているところです。
また、この世で、あの公爵に戦を挑もうとするような
騎士を私は知りません。」 1690
これを聞くや否や、道化は飛び上がり、
ただちに王様に向かって言いました、
「ほら、その騎士と一騎打ちしようと、
準備万端整えている騎士が、ここにいるじゃないか。」
「道化は座っておいでなさい。」この女性が言いました、 1695
「今は冗談を言っているときではありません。
馬鹿なことは、どこへでも好きなところへ行っておやりなさい。
この状況で、そんなことを言われても、全く面白くもなんともありません。」
道化は答えて言いました、「あんたが怒ろうが、喜ぼうが、
初めての戦いをさせてくれるって、 1700
王様が約束したんだから、そんなの関係ないよ。」
この女性は、きびすを返し、この場を立ち去りました。
すぐさま、道化は飛び上がり、
言いました、「これでお暇するよ、王様。」
彼は馬に飛び乗ると、 1705
言いました、「それじゃあまたね、達者でね。」
彼のことを、よくできた道化だと言う者もおれば、
見かけない顔だが、
遠くの国から来た
騎士のようだと言う者もおりました。 1710
　彼は大変な速さで馬を駆り、
やがて例の女性に追いつきました。

共に道に沿って馬を進めていたところ、
女性が小人に言いました、
「天幕を開いて、準備を整えなさい。 1715
ここで少しの間休みます。」
彼らは、食べ物も、飲み物も、家郷から持ってきたものを
携えておりました。
二人とも、これを食べたり飲んだりしましたが、
道化には席が用意されませんでした。 1720
道化は非常にお腹がすいていましたが、
一口もものが与えられなかったのです。
小人が言いました、「我々ばかり食べていては悪うございますので、
道化にも、恥に免じて、少し食べ物を分けておやりになってはいかがですか。」
女性は答えて言いました、「空腹に耐え切れず、去って行くまで、 1725
一口たりとも、与えてはなりません。」
　その時、馬に乗った一人の騎士が、
天幕のところにやって来て、
女性に対して言いました、「私と一緒にいらしてください。
あなたが出立して以来、ずっとあなたを追ってまいりました。 1730
思ったとおり、あなたは私好みのお方です。」
道化は言いました、「そうはさせないよ。
この人はおいらのもの、おいらがこの人を手に入れるんだ。
だから、あんたからこの人を守ってみせるよ。」
騎士は言いました、「道化、馬鹿げたことは止めておけ、 1735
さもないと、痛い目に遭うぞ。」
道化は、天幕を支えていた
支柱をつかみ、これで、
この騎士の頭を殴りつけたところ、
騎士は、完全に死んだように地面に倒れこみました。 1740

道化は、小人に、騎士の鎧を与え、
自分自身は槍を手に入れました。
　それから、再び休息が必要になるまで、
一行は旅を続けました。
再び休息を取り、二人が食事を摂り、満腹になった時、　　　　　　　　1745
小人が女性に言いました、
「恥に免じて、道化にいくらかでも食べ物を与えておけば、
道化もあなた様を責めますまい。
一方、何も与えなければ、
あなた様に危害を加えようと考えるかもしれません。」　　　　　　　　1750
女性はすぐに答えて言いました、
「神様にかけて、この者には何も与えてはなりません。
頼みもしないのに、馬鹿げたことをしているのですから。
この者には、私たちの前から消えて欲しいと思っているのです。」
その時、また別の騎士がやって来て、　　　　　　　　　　　　　　　1755
この女性に求めて言いました、
「我が愛しの姫君、私と一緒にいらしてください。」
道化は言いました、「そうはいかないよ。
この人は、ずっと前からおいらのものだから。」
これを聞き、この騎士は怒って言いました、　　　　　　　　　　　　1760
「道化、これ以上馬鹿にしたことを言うと、
痛い目に遭わせるぞ。」
道化は言いました、「止めないよ。
もしこの人が欲しいなら、おいらから奪ってみな。」
そう言うと、道化は馬に飛び乗り、　　　　　　　　　　　　　　　　1765
両者とも相手とにらみ合い、一触即発の状況になりました。
道化が槍を繰り出すと、
これが騎士の身体を突き通し、

そのために、騎士は息絶えました。
道化は小人に、この騎士の馬を与えました。 1770
それからすぐに、準備を整えて、
その日行こうと思っていた場所まで行き、
そこで一夜を明かすことにしました。
それ以上遠くへは、日の光がなくては行けないからです。
そこに着くと、すぐに彼らは食事をしたり飲み物を飲んだりしましたが、 1775
道化には寝る場所も与えられませんでした。
　彼らが座って、くつろいでいるところに、
悪魔の手先のような騎士がやって来ました。
この騎士はかのジェロン公爵の弟でした。
彼の身の回りのものは、馬も、武具も、 1780
全て黒で統一されておりました。
この騎士は、女性のもとにやって来て
言いました、「ここでお見かけした時以来、
あなたは私の愛すべきお方。」
道化は言いました、「いや、そうじゃないね。 1785
この人には、もう別の人がいるんだから。
それは、あんたが目の前にしてる、おいらだけどね。
もしあんたがこの人を手に入れたら、この人は悲しむことになるね。」
騎士は言いました、「この道化、大法螺を吹きおって。
わしの槍でそなたを打ってくれるわ。 1790
もし万が一、このお方が、そなたと寝床を共にするとすれば、
このお方にとって、これほどおぞましい時間はないであろう。」
道化は言いました、「おいらは、もう二回もこの人を助けてるんだぜ。
あんたが何と言ったって、この人を手に入れることはできないよ。
もしこの人を手に入れたいなら、おいらがしたよりも、 1795
ちょっとでもましなことしないとね。」

もうこれ以上、口論だけでは収まらず、
両者は互いに馬を駆り、相手に向かって突進しました。
道化が、この騎士に、大変激しくぶつかっていったため、
騎士の背骨は真っ二つに折れました。 1800
この一撃で、道化はこの騎士を打ち負かし、
この騎士の鎧を奪いました。
それからすぐに、この騎士の馬を手に入れ、
彼の武具を身に着けました。
道化が武装すると、 1805
女性には、彼が立派な騎士であるように思われるようになり、
彼が演じていたような道化などでは決してないと、
信じるようになりました。
　彼らは休息を取るために横になりました。
小人はすぐに眠ってしまいましたが、 1810
女性はなかなか寝付けず、
道化のことばかり考えておりました。
彼女は、彼を勇猛な騎士と信じ、
彼に対する態度も改めました。
彼女は言いました、「騎士様、もう寝ておしまいですか。 1815
あなた様が道化などでないということは、よく心得ております。
あなた様は、戦に長けた勇猛な騎士でございます。
私はこの国で、あなた様のようなお方を見たことがございません。
しかし、あなた様と同じような騎士が、
かつて我が主君である姫君を馬上模擬戦の末勝ち取りました。 1820
私は、あなたこそ、この時の騎士ではないかと思っております。
姫君ではなく、私と結婚していただけませんか。
そうすれば、あなた様は、偉大な力を持つことになりますでしょう。
というのも、カラブレランドのお世継ぎと同じぐらいの、

富や権力が、確かに、私にもあるのですから。」 1825
騎士は、聞き耳を立てて、
じっと横になったままで、
彼女の話を聞いておりました。
そして、彼女が一通りのことを話したとみるや、
突然飛び起きて 1830
怒りにうち震え、
彼女の話を遮ろうとしました。
彼女が甘い言葉を言えば言うほど、
その分、彼は汚い怒りの声を上げました。
こうして、うなり声を上げ顔をそむけ、 1835
彼女に対しては、一言も言葉を発しようとしませんでした。
彼女は、これ以上どうにもなりそうにないと見て取ると、
言いました、「騎士殿、
メリアジェル王にお約束されたとおり、
今度の戦で、我が姫君をお助けするために、 1840
ジェロン公爵様と戦われるということを、
間違いなくお約束いただけますか。
姫君のもとにお越しいただけるかどうか、
姫君には何とお伝え申し上げればよろしいでしょうか。」
「明日、公爵に会いに行くつもりではあるが、 1845
恐らく、戦いを挑むには、
あまりにも不利な状況となろう。
さすれば、戦うことを、あるいは諦めるかも知れぬ。
そなたとは、何の約束を取り交わしたわけでもなく、
私は自分自身の意志のみに従って行動するつもりだ。」 1850
この女中は、姫君の城の方を見て、考えましたが、
彼のこの答えに対し、それ以上何とも言えませんでした。

彼女は騎士に別れの挨拶をしました。
「お気をつけください、お美しい貴婦人殿、」と騎士は言いました。
この女性は、秘密の裏口から、 1855
夜中密かに城に入り、
例の道化が彼女のためにしてくれたことや、
この騎士が、姫君のために戦いにやってきたことなどを、
すぐに、姫君に報告しました。
　翌朝、例の傲慢な公爵が、 1860
城門のところまで馬でやって来ました。
城内に入れないように何とか押し戻したものの、
姫君は大変悲しまれておりました。
公爵は、大きな声で言いました、
「我が愛しの人よ、大人しく出てくるがいい。 1865
これ以上、ここで油を売っているつもりはないぞ。
あるいは、そなたを守るために私と戦う
騎士を出されるがいい。」
公爵が、このように言って待っていると、
馬に乗った騎士が現れるのが見えました。 1870
公爵は、これが自分の弟だと思い、
うれしく思いました。
ところが、これからお話ししますように、これは彼の弟ではありませんでした。
この騎士は、公爵に対して、次のように言いました、
「城門のところで、こんな大声を出し、 1875
大変な脅しをかけている、あなた様は、どなた様ですか。」
公爵は答えました、「私はこの国の君主である。
これからこの王女を我がものとすべくここに来たのであり、
この王女が他の者を夫としないように、
ここから引き上げる前には、王女を我がものとするつもりだ。」 1880

イポミドン様は言いました、「そうはお出来になりませぬぞ。
このお方は私のものであり、
ずっと前からそうと決まっていたのですから。
したがって、あなた様にはお引取りいただくようご忠告いたします。
さもなくば、いかなる者からも、私は彼女を守る所存にございます。」 1885
これを聞き、公爵は苦々しく言いました、
「卑怯者め、お前のことを我が弟と思っておったが、
お前は別人か。
貴様が弟の馬に乗り、弟の鎧を身に着けているということは、
貴様が弟を殺したということか。」 1890
「弟君を殺したということについては、否定いたしません。
それどころか、貴殿にも同じことをしてさし上げようと考えておりました。」
この言葉をきっかけとして、
両者は激しく相まみえたため、
槍が全て砕け散ってしまいました。 1895
そのため、今度は両者とも剣を引き抜き、激しく戦いました。
姫君は、高い塔の中におり、
戦いの一部始終をご覧になっておりましたが、
両者とも同じようないでたちだったため、
どちらが彼女のために戦っている騎士なのか分かりませんでした。 1900
両者とも一歩も退かず、
他にはないほどの激しい戦いでした。
彼らは、非常に長いこと戦い続けました。
大変に激しく、猛烈な戦いで、
お互いに自らの命を顧みませんでした。 1905
大きな傷を負ったため、イポミドン様は、
もうすぐ戦いに敗れるのではないか
と思い始めました。

伝えられるところによると、この時イポミドン様は、
鋭い刃の剣を両手で持ち、 1910
渾身の力でこれを振り上げ、
素早く、公爵の頭に一撃を加えると、
剣は兜とバシネットとを貫き、
この一撃で、公爵の頭がえぐられました。
公爵は、傷が酷く痛むのを感じ、 1915
これ以上攻撃を加えないようにと、イポミドン様に頼みました。
「もう死にそうです。もう立っていられません。
私はここであなた様に降伏し、
昼夜を問わず、あなた様のご命令のままに
お仕えする騎士となります。 1920
私がこの国に与えた損害については、以前にあったもの
以上のものをもってお償いさせていただきます。
さらに、私の生きている限り、
あなた様に1000ポンドを献上いたします。」
イポミドン様は言いました、「これから言う通りにするのであれば、 1925
そなたの願いを聞き入れよう。
今後、この砦の近くに来てはならぬ、
そして、今すぐこの街から出て行くように。」
公爵は、すぐさまこれに従い、
急いで街を出ました。 1930
公爵と、彼の供をしてきた者達は皆、
一目散に家郷を目指しました。
　イポミドン様は、ジェロン公爵がしたのと同じように、
砦に向かって馬を進めました。
姫君のいる城のすぐ脇には、 1935
長く、水のきれいな川が流れており、

多くの船が停泊しておりました。
流れの色は、美しい金色でした。
姫君は、公爵が戦いに勝利したら、
ここから逃げ出されるとおっしゃっておりました。 1940
川に浮かんだ船には、食料が積まれておりましたので、
船に乗れば、この場からお逃げになることが出来ました。
街の方を見ると、
騎士が一人、砦の方に歩いてくるのが見えました。
姫君は、公爵が戦いに勝ったと思い、 1945
逃げ出す準備をされ始めました。
イポミドン様が、城門のところへと来ると、
姫君は、ついに追い詰められた気持ちになりました。
イポミドン様は言いました、「おいでなさい、我が愛しの人。
たった今、あなたをこの手で勝ち取りましたぞ。」 1950
姫君は、イポミドン様が、高らかにこう宣言するのを聞き、
急いで船に向かいました。
姫君と、彼女にお仕えする者たちは皆で、
帆を張り、船を出しました。
　さてここで、今度は、 1955
メリアジェル王の騎士達の話しをいたしましょう。
カンパーヌス様と大変勇猛なお仲間達は、
旅を終えると、
大急ぎで国へお戻りになりました。
騎士達には、 1960
カラブレランドのお世継ぎである、かのお美しい王女様と、
例の公爵についてのこと、
姫君に仕える中でも最も特別な貴婦人が、
助けを求めるために送られてきたこと、

道化が、かの国で公爵と戦うことを 1965
引き受けたことなどが、伝えられました。
カンパーヌス様は、姫君の心配を取り除くべく、
旅に出る準備をしました。
そして、王様に仕える全ての騎士達が、
出来うる限り速やかに、 1970
公爵との
戦いに向けての準備を整えました。
カラブレランドに向けて馬を進めている時、
彼らは川に浮かぶ船を見つけました。
すぐに、船に向かって、 1975
どこから来たのかと呼びかけました。
船頭は答えました、「カラブレランドからです。
かの国は、ある公爵により制圧されてしまったのです。
ご覧の通り、姫君はここにいらっしゃいます。
自らの国から逃れてこられたのです。」 1980
カンパーヌス様は、姫君に、しばしここに停泊し、
彼女の置かれている困難な状況について少しお話しくださいとお願いしました。
姫君は、彼らがおじに仕える騎士だと聞き、
すぐに彼らのところに行き、
心にあること全てを、騎士達に話しました。 1985
大変手強い公爵のことも、
道化が、最初のうちは
善戦していたことも、
公爵が道化を打ち負かしたことも。
「そして、公爵が我が城門へと戻ってきたのです。」 1990
カンパーヌス様はすぐに言いました、
「それは恐らく、例の、

異国からやって来た騎士なのではないかと思います。
彼は戦いにおいて勇猛でしたから。
姫君、これから共にあなた様のお国へ戻り、 1995
誰が打ち負かされたのか、調べに参りましょう。
そして、もし幸運にも彼と話しをすることができるとすれば、
この国の全ての人々に、かの公爵の敗北を知らしめ、
彼の悪行に対する報復といたしましょう。
かの公爵が勝利していた場合には、私が彼の首を討ち取りましょう。 2000
もしそうできなければ、私を絞首刑に処してください。」
そして実際、これらの全てが姫君に聞き入れられました。
　姫君は、すぐに船をもと来た方向に向け、
カンパーヌス様と一緒に出発されました。
城の様子が見えるほど 2005
近くまで来ると、姫君は
これから何が起こるのか分かるまで
いてもたってもいられないお気持ちになりました。
カンパーヌス様は、手下の者達を全員呼び集め、
全員で城へと向かいました。 2010
そこには、黒い鎧兜に身を固めた騎士がおりました。
彼らは、これを、この国を荒らしまわった
公爵だと信じて疑いませんでした。
一同は、すぐさま、この騎士のところへと向かいました。
カンパーヌス様が、次のように言いました、 2015
「そこにいる、そなたは何者か。
何故このような騒ぎを起こしておるのか、
ここで何を探しているのか、答えられよ。」
この騎士は答えました、「私が勝ち取った、愛しの人、
私は彼女を誰の手にも渡しはしない。」 2020

カンパーヌス様は言いました、「かのお方は、そなたのものにはならぬ。
かのお方のことは忘れ、
国に戻られよ。
さもなくば、ここで死ぬことになろうぞ。
これ以上の悪事を働かず、 2025
速やかにここから立ち去られよ。
さもなくば、全能の神にかけて、
我ら皆が相手をいたす。」
イポミドン様は言いました、「これはいったい何事か。
これがこの国の作法だとでも言うのか。 2030
お前達のうちに、私よりも
この美しい姫君にふさわしいという者があれば、
前に出て、力によりそれを証明するがよい。
我が命のある限り、一対一でお相手いたす。」
この騎士に対し、カンパーヌス様は答えました、 2035
「立ち去るのか、戦うのか、どういたす。」
イポミドン様は言いました、
「このお方のことを忘れなくてはならないというのであれば、
戦いを選び、
このお方のために命を失い、 2040
全てを神の手に委ねよう。」
イポミドン様は、一人でこれら皆を相手にするおつもりでした。
全員が一度に彼に向かって来たので、
イポミドン様は剣を抜き
すぐに多くの者達を切り倒しました。 2045
彼は、多くの屈強の騎士達と戦ったため、
何太刀も浴びせられておりました。
「もう降伏しろ、反逆者よ。」「いや、まだまだ。」

大変誇り高い騎士達は、
いずれの側でも、激しく戦いました。 2050
イポミドン様は、唯一身を守ることが出来そうな、
石壁のところにある建物へと向かい、
騎士達が素早くこれを追いかけたので、
イポミドン様は彼らの多くを殺しました。
　あまりにも長時間、彼らと戦い続けたために、 2055
イポミドン様の籠手はずたずたに切り裂かれてしまい、
彼は全く素手で戦わざるを得ませんでしたが、
このようなことは未だかつてありませんでした。
私の理解するところによると、カンパーヌス様は、
イポミドン様の指輪を見て、これが、 2060
自分が、王女様である母君に渡したものであると気がつきました。
彼は、もう長いこと、この指輪を見ておりませんでした。
カンパーヌス様は、イポミドン様に、落ち着いて、
じっとするようにと頼みました。
イポミドン様はこれを聞き入れ、カンパーヌス様が話し出すのを待ちました。 2065
彼らは皆、戦いで疲れ果てていたのです。
カンパーヌス様は尋ねました、「騎士殿、教えていただけまいか、
その指輪を、どこで手に入れられたのかを。」
イポミドン様は、ありのままに、
答えて言いました、「私は、これを、断じて盗んだのではない。 2070
そなたがこの指輪を欲するのなら、
天の王、イエス様にかけて言っておくが、
私を打ち倒して奪うしか、
これを手にする術はないぞ。」
カンパーヌス様は、強張った表情を崩し、 2075
丁寧な口調で、

どこでこの指輪を手に入れたのか、
嘘偽りなく教えていただきたいと、お願いしました。
イポミドン様は言いました、「神様にかけて、
何かやましいことがあり、答えないわけではないが、 2080
まず、なぜそのようなことを聞くのか、そのわけを聞かせていただき、
その上で、お答えいたそう。」
カンパーヌス様は言いました、「実を申せば、
この大変美しい指輪は、かつて私のものでありました。
さあ、高貴なお方らしく、約束を違えることなく、 2085
この指輪をどこで手に入れられたのか、お教えください。」
イポミドン様は言いました、「ポイルランドの王妃様が、
私にこの指輪をくださいました。
立派でお美しい王妃様は、私の母上で、
私はこの国の世継ぎです。」 2090
カンパーヌス様は言いました、「騎士殿、もう少しお尋ねさせてください。
その時、王妃様はあなた様に何か他にもおっしゃいませんでしたか。」
「王妃様は、結婚前に子供を授かっており、
私には兄上がいるとおっしゃいました。
そして、この指輪のことを知っているお方こそ、 2095
間違いなく、私の兄上であるとおっしゃいました。」
カンパーヌス様はおっしゃいました、「全能の神様にかけて、
高貴な騎士殿、あなた様は私の弟です。」
お二方とも、その瞬間に気絶して、
その場に倒れこみました。 2100
周りにいた方々は、お二方を抱き上げ、意識を取り戻させました。
彼らは皆、大変楽しげで、もはや憎しみあってはおりませんでした。
イポミドン様は、兄上にお名前をお尋ねになりました。
お二方とも、お互いの名前を知らなかったのです。

「あなた様と戦った、 2105
我が名はカンパーヌス。
メリアジェル王にお仕え申し上げております。」
「かつて、我らは同じところで暮らしておりました。
この姫君を試合で勝ち取った、
お后様のお気に入りの騎士をご存知ありませんか。」 2110
「ああ、あのお方が、あなた様だったのですか。」
お二方とも、大いにお幸せそうでした。
イポミドン様は言いました、「試合で姫君を勝ち取った際、
私は盾を携えておりました。
ご存知の通り、 2115
私は馬に乗って試合に行きましたが、
馬の色は、それぞれ、白、赤、黒、でした。
これもよくご存知の通りかと思います。
試合において、神様のお恵みのため、
試合会場にいた中でも最高の馬、 2120
つまり、王様とあなた様の馬を勝ち取りました。
その代わり、あなた様方お二人には、私自身の馬をお贈りし、
あなた様方お二人の馬は、また別の方々にお贈りしました。
これもよくご存知の通りかと思います。
それから、お后様にお暇をいただき、 2125
私の美しい女中と共に
故国へと向かう旅路につきました。
聞き及んだところでは、ケイミス様は、
我々二人を連れ戻すか、
さもなくば、討ち死にするまでと、おっしゃったそうですな。 2130
ケイミス様はまた、私が無断で国を去ったともおっしゃったそうですな。
兄上、これでお分かりになっていただけたかと思いますが、

既に申し上げましたように、
あの姫君に最も相応しいのは、この私なのです。」
イポミドン様とあの騎士とが同一人物であると知り、 2135
一同の心は弾みました。
皆は、大変に嬉しく、また喜びに溢れ、
イポミドン様のところにやって来ては、キスをしました。
使者達は、一団となって、
このよい知らせを伝えるべく、姫君のもとに急ぎました。 2140
　一群の人々が、大急ぎでやって来るのを見た時、
姫君は、彼らが戦いに敗れて敗走しているものと思い、
恐れ慄きました。
姫君は、帆を張り、その場から逃げるようにと命じました。
使者達は、姫君が船をお出しになろうとしているのを見て、 2145
狂ったように大声で叫びました、
「姫君、お恐れなさいますな。
あの異国の従者が、あなた様を探してやって参りましたぞ。」
姫君は、これを聞くと、
自分のことを、立派に戦って勝ち取った 2150
あの騎士を、自らの目で見ない限りは、
胸が張り裂けてしまいそうに感じました。
船は再び岸の方へと進められ、
川岸で一同が会することとなりました。
船上から、かの騎士の姿を見つけると、 2155
姫君は、すぐに小船を用意するようにと命じました。
川岸に上がれば、この騎士に会うことが出来るので、
姫君は大変に喜んでおられたのです。
岸が近づくと、姫君は、小船から川の中へ飛び降りましたが、
それを見ていた騎士もまた、 2160

川に入り、
ついに、姫君を抱き上げたのでした。
お二人が岸に上がると、
イポミドン様は姫君の手を取り、
姫君への愛のために、 2165
イポミドン様がされた大変な苦労についてお話しされました。
「最初に私があなた様のところでご厄介になった時以来の
私の苦労のうちの半分も、お話しすることは出来ません。
私があなたをじっと見つめていたことで、
あなたは、縁者であるジェイソン様をお責めになり、 2170
そのために、私がお暇をいただくことになり、
あなたが、戦いにおいて最も勇猛な騎士を
夫として迎えるご意向であると聞くまで、
あなたのもとを離れなければならなくなりました。
この知らせを聞いて、私はこちらに戻って参りましたが、 2175
その時の事情もお話ししましょう。
私は、あなたのおじ様に長くお仕えしました。
そこでは、お后様のお気に入り、と呼ばれておりました。
三日間行われた馬上模擬戦の間も、
ここにお世話になっておりました。 2180
模擬戦では、立派な馬を勝ち取りましたが、
そのうちの数頭は、血のように赤い色をしておりました。
また、賢明なる神様からのお助けがあり、
王様の馬をあなた様にお贈りすることも出来ました。
しかし、その後すぐに、 2185
私は故国に戻り、ある日
傍若無人な行いをする例の公爵のことを聞くまでは、
そこに留まっておりました。

私は知恵を絞って準備を整え、
道化に扮して、 2190
あなたのおじ様である王様のもとへと戻りました。
王様はこの道化が私だとは、全くお気づきになりませんでした。
そこへ、あなたがお送りになった貴婦人がやって来て、
あなたを例の公爵から守るために、
助けを送っていただけないかと、 2195
王様にお願いしました。
しかし、王様は助けをお送りすることが出来ずにおりましたので、
私がその戦いをお引き受けしたのです。
あなたのお送りになった貴婦人と共に旅をしている最中には、
彼女を襲おうとやって来た者達から、彼女を守りました。 2200
三人の騎士から彼女の命を守り、
今日ここでは公爵を打ち負かしました。
神様のお恵みによって、断言いたしますが、
このようにして、私は、自らの力で、あなた様を勝ち取ったのです。」
　事の経緯を聞いた姫君は、 2205
気を失って、その場に倒れこんでしまいました。
イポミドン様は、慌てて姫君を抱え上げると、
自らの唇を姫君の唇に重ねました。
お二人は、お互い愛し合っておりましたので、
キスをされて大変お幸せそうでした。 2210
私には、お二人の幸せの半分すら、
言葉で言い表すことは出来ません。
　一同は、姫君がお住まいの
城へと戻りました。
その夜、一同は共に 2215
喜びに満ち、大変に楽しく過されました。

翌朝、手紙を認（したた）めさせようと、学者達が集められました。
姫君のおじである、
セセニーランドの王様に宛てては、
大変に立派な手紙が認められました。 2220
皇帝様には、
大変に威厳のある手紙が認められました。
この国の大司教様や司教様、
近隣の司祭様、学者様、
公爵様、伯爵様、男爵様にも手紙が認められました。 2225
騎士達や従者達は、手紙を届けに各地へ赴きました。
お触れの者達が各地に送られ、
貧しい者も、富める者も、皆知らせを聞きました。
貴族達は、この知らせを聞くと、
大急ぎで城へ向けて出発しました。 2230
　このお触れは、祭礼の行われるずっと前、
40日程前に出されておりました。
多くの方々がおいでになるため、
大変な量の食事が用意されました。
皇帝様は、 2235
少なくとも百人の騎士達を引き連れていらっしゃいました。
姫君のおじ様である王様も、
二百頭程の馬を引き連れていらっしゃいました。
私の知るところでは、ポイルのペルス卿も、
かの国で、戦において勇猛で、 2240
大変高名な騎士達と共に
おいでになられました。
祭礼当日の朝、
一同は、

盛大な婚礼の儀を行うために、 2245
喜び勇んで、教会に向かいました。
私の知るところでは、この国の大司教様が、
婚礼の儀を執り行いました。
婚礼の儀が終わると、
一同は、すぐに、もと来た道を引き返し、 2250
城へと戻りましたが、
そこには食事の準備が整っておりました。
トランペット、クラリオン、
その他多くの楽器が、食事のために演奏されました。
一同は、手を洗ってから、食事の席に向かい、 2255
高貴な方々も、それぞれの席に着きました。
一同が着席すると、
前菜が、申し分ない作法で
配膳されるまでの間、
管楽器が演奏されました。 2260
この日のもてなしは、
大変に整然として行き届いておりました。
このようなもてなしを受け、
一同は、ここでの食事に大変に満足しました。
食事を終えると、 2265
貴人達も、淑女達も、食後の娯楽を楽しみました。
バクガモンをする方、チェスをする方、
その他のゲームをする方等、皆、様々でした。
この時、イポミドン様は、
楽器の演奏家達に、500ポンドをお与えになりました。 2270
また、他の人々にも、
大変高価な贈り物を贈呈しました。

伝え聞くところによると、この祭礼は、このようにして、
40日間続きました。
　　　イポミドン様は、大広間にいた兄上を　　　　　　　　　　2275
呼びにやり、
私の聞いたところでは、伯爵領を除き、
ポイルランドの全土を彼に与え、
彼をこの国の王とし、
彼の後には、彼の子孫が王位を継承することとしました。　　　2280
カンパーヌス様は神様とイポミドン様に心より感謝し、
全ての人々は、彼のことを立派なお方だと言いました。
　　　カンパーヌス様は、荒野を旅し、
セセニーランドのメリアジェル王のもとを訪れました。
王様は、お部屋においでで、　　　　　　　　　　　　　　　　2285
貴婦人様達とお話しされておりました。
カンパーヌス様は、イポミドン様からの素晴らしい贈り物として、
ポイルランドを与えられたということを、王様にお話ししました。
その場にいた貴婦人達は、口々におっしゃいました、
「これほど物惜しみしないお方は、他にはおりません。」　　　2290
　　　イポミドン様は、大広間に、
ソロミュー様をお呼びになりました。
ソロミュー様には、公爵領の永代に亘る所有権と、
妻となるべき女性を与えました。
この女性は、私の知るところによると、彼と共に　　　　　　　2295
ポイルランドにおり、お后様にお仕えしていた女性でした。
ソロミュー様はおっしゃいました、
「この女性につきましても、
これまでにいただいた多くの贈り物につきましても、
大変ありがたく、感謝いたします。」　　　　　　　　　　　　2300

そう言うと、ソロミュー様は、イポミドン様の御前を離れ、
彼にとって最もくつろげる場所へと向かいました。
　イポミドン様は、大広間で、
友であるジェイソン様が、
いかに優れたお方かということを、 2305
お考えでした。
ジェイソン様には、遠近（おちこち）の
広大な土地を与え、
彼が長年重用した
美しい女性を、妻として与えました。 2310
その他まだまだ多くの方々に、イポミドン様は
様々な贈り物を下賜されました。
　この祭礼が終わりを迎えると、
一同は各々帰り支度を整えました。
朝になると、 2315
皇帝様がイポミドン様のもとに、
別れの挨拶をしにいらっしゃいました。
多くの貴人達もまた、別れの挨拶をしにいらっしゃいました。
別れの挨拶の際に、
人々はイポミドン様やそのお后様に 2320
祝福の言葉をお送りになりましたが、その手厚さは、
その半分すら言葉では言い表すことが出来ないほどでした。
皇帝様は、
イポミドン王と、
お美しく高貴なお后様に、別れの挨拶をしました。 2325
その他多くの人々もまた、別れの挨拶をしました。
このようにして、立派で高貴なお方達は
イポミドン様の国を去り、

皆各々のお国へと、
あるいは各々気の向くままに旅立って行きました。 2330
　皆が帰っていった後、イポミドン様とお后様は、
悲しい死が二人を分かつまで、
この国で、末永く
大変楽しくお幸せにお暮らしになりました。
イポミドン様と、最愛のお后様は、 2335
考えうる限りの喜びを享受されながら、
長く共に暮らされました。
抗し様のない死が、お二人を分かつまで、
お二人の間には、
常に、これ以上ないほどの幸せがありました。 2340
私の信ずるところでは、お二人は、亡くなられた後、
喜びと至福に満ち溢れ、
それ以外には何もない
天国へと旅立たれました。
十字架の上で、我々皆のために亡くなられた神様は、 2345
我々皆をこの至福の中へと、導いてくださるのです。アーメン。

訳者紹介

唐澤一友（からさわ　かずとも）1973年　東京都生まれ
上智大学大学院文学研究科英米文学専攻博士後期課程修了
博士（文学）　現在横浜市立大学国際総合科学部准教授
[専門]　中世英語英文学
[著書]『アングロ・サクソン文学史：韻文編』東信堂、2004年　『多民族の国イギリス——4つの切り口から英国史を知る』春風社、2008年　『アングロ・サクソン文学史：散文編』東信堂、2008年

中英語ロマンス　イポミドン伝

2009年3月26日　第1版第1刷

訳　者　　唐澤一友

発行者　　渡辺政春

発行所　　専修大学出版局
　　　　　〒101-0051　東京都千代田区神田神保町3-8-3
　　　　　　　　　㈱専大センチュリー内
　　　　　電話　03-3263-4230㈹

印　刷　　藤原印刷株式会社
製　本

Ⓒ Senshu University 2009 Printed in Japan
ISBN 978-4-88125-222-2